亡国の鉤十字《ハーケンクロイツ》

下

エリック・ジャコメッティ&ジャック・ラヴェ
大林薫［監訳］
郷奈緒子［翻訳］

Written by
Éric Giacometti
Jacques Ravenne

LE CYCLE DU SOLEIL NOIR
LA RELIQUE DU CHAOS

竹書房文庫

亡国の鉤十字《ハーケンクロイツ》　下

第三部〈承前〉

二六

パリ　パンテオン界隈

トリスタンはローゼンベルクの執務室にいた。目の前で、カピュサン採石場跡から持ち帰った宝石類をローゼンベルクが調べている。丹念に首飾りと指輪を選り分け、照明の光を受けて煌めくティアラをじっくりと眺め回す。

「惜しいが、これはばらさないといかんな。石を台座から外して、貴金属類は溶かしてしまおう。あまりにも有名な宝飾品だから、このまま売るわけにもいかん」

トリスタンは表情を変えずに聞いていたが、内心では私腹を肥やすにはもってこいのやり方だと思った。持ち運びしやすく、国外にも持ち出しやすい。トリスタンは置いてある耳飾りが震えるほど強く指でテーブルを叩きながら言った。

「隊員たちにはコシャン病院周辺の安全を確保し、採石場跡に急行するよう頼んでおきました。マルセルとグルジエフの遺体を運び出すため、表向きはレジスタンスの捜索ということにしてあります」

「マルセルのことは残念だった。収集家たちの口を割らせることにかけては、彼の右に出る者はいなかったからな」

それが元ボクサーのコラボに対する唯一の弔辞《ちょうじ》ということか。

「ヒムラー長官には報告するつもりかね？」ローゼンベルクが訊いた。

報告書はすでに発送済みである。間違いなくヒムラーは一読しているだろうが、わざわざそこまで詳《つまび》らかにすることもあるまい。

「いつもどおりに」

「ロシア皇帝一家の宝石を発見したことは伏せておいてもらえるとありがたい。わたしがこの手で直接フューラーにお渡しするのでね」

トリスタンは頷いた。しかし、ヒトラーは宝石なんぞに目もくれないだろう。それどころか、ローゼンベルクの命運は今やヒムラーに握られているようなものだ。

「もちろん承知の上です。東部占領地域大臣ご就任前にこの宝石を進呈なさるなら、次回のベルリン訪問時ということになるでしょうか」

「いかにも。ところで……」

言葉を切り、ローゼンベルクが電報を差し出した。

「一時間後にホテル・ルテシアに行くように。ヒムラー長官から直々の命令だ」

トリスタンは即座に立ち上がった。一刻も早く、この病的で堕落しきったローゼンベルクから解放されたかった。

「行く前に一つ聞かせてくれ。グルジエフは……きみに何か言い残さなかったか?」

トリスタンはすでにドアの前にいた。

「そんな余裕もなく、すぐに事切れました」

ラスパイユ大通り
ホテル・ルテシア

遅い時刻にもかかわらず、高級ホテルのロビーはナチスの将校たちでごった返していた。ドイツ空軍《ルフトヴァッフェ》やドイツ海軍《クリークスマリーネ》を含め、ドイツ国防軍《ヴェアマハト》のお偉方が犇《ひし》めきあうさまは、ドイツ軍の全幕僚部がこのホテルに集結したかのようだ。ただし、親衛隊の姿は見られない。誇り高き騎士たちが正規軍の人間と交わることはないのだ。とはいえ、内偵ならばこの中に潜りこんでいるはずである。

片眼鏡の大佐と乗馬ブーツを履いた将軍のあいだをすり抜け、ようやくトリスタンは受付の前に立った。

「トリスタン・マルカスですが、面会の約束があります」

コンシェルジュは鋭い眼光でトリスタンを一瞥してから、宿帳を調べた。おそらくはコラボだろう。

「三階の六六号室でお客さまがお待ちです。階段は右手にございます」

トリスタンは再び軍服の波を掻きわけ、階段までたどり着いた。考えを巡らせながら、ゆっくりと階段を上がる。ローゼンベルクをだしぬき、マローリーに情報を送ることはできた。大きな切り札を手にした気がする一方で、この先の状況がどう動くかは何とも言えない。経験上、雇い主は信用しないことにしている。スパイ、それも二重スパイなんぞ、陰の戦争ではいの一番に切り捨てられる捨て駒だ。だからこそ、情報を流すときは加減している。ジェームス・ハドラー——グルジエフが言い残した人物の名前を伏せておいたのもそのためだ。こうして奥の手を隠し持っておくことが、自分にとっては命綱となる。

将校の一団がけばけばしい化粧をした女と笑い興じながら階段を下りてくる。トリスタンは手すりに身を寄せて一行を通した。些細なことではあっても、身悶えするような屈辱を味わわされた。せっかくパリに戻ってきたというのに、いたるところで見かける敵の存在に誇りを踏みにじられる。占領され辱めを受けたこの首都を早く出ていきたい。もはやトリスタンにはその思いしかなかった。

六六号室のドアはわずかに開いていた。トリスタンはノックしてから中に入った。ピンク色の大理石のテーブルの上に食事の残りが置かれている。食器は一人分しかない。寝室に行くと、整えられたベッドの上に、スーツケースが一つ開けっぱなしのままで置かれている。それを覗き見ようしたとき、聞き覚えのある声が響いた。

「何をお探しなのかしら？」

　バスローブをまとったエリカがそこに立っていた。バスルームから出てきたところのようで、裸足で髪が濡れている。その姿にトリスタンは欲情に駆られた。数日前に会ったときには、やつれて苦悩に満ちていたというのに……とても同じ女性とは思えない。

「あっちを向いてちょうだい。服を着るから」

　言われたとおりに後ろを向くと、目線の先にちょうど暖炉があった。おそらくは十九世紀のもので、石のマントルピース全体に聖書の一場面が彫刻されている。〝種を蒔く人のたとえ〟だ。あれが鏡だったらよかったのだが……。

「今朝、ベルリンから直接来たの。フランスで調べなければならないことがあって。アーネンエルベの使命が変わったことは知っているでしょう？」

「ああ、理解しているつもりだけど」

「ヒムラー長官はユダヤ人の識別を最優先事項に掲げているのよ」

「偏執狂的だね」

　エリカはそれを聞き流した。

「アーネンエルベの研究員の中には、この新たな使命を昇進の好機と捉えている者もいるわ。ブルーノ・ベガーを覚えている？」

「チベットに遠征したという、あの麗しき金髪の巨漢かい？」

「そのとおり。チベット人の顔面測定をしたとかで、その方法をユダヤ人に適用しようとしているのよ。それで実験台《モルモット》が必要なんですって。頭部の測定をしたいらしいわ。骨の形もね」

　ぞっとして、トリスタンは思わず振り返りそうになった。

「きみは協力しないのか？」

「するものですか。準備調査という名目で、彼にはフランスで任務についてもらって、時間を稼ぐつもりよ。ところで、人種を区別する基準を設けるために頭蓋骨を測定するという発想に至ったのは、彼が最初ではないの。先駆者はあなたの同胞、フランス人よ」

「冗談だろう？」

　今度はさすがにトリスタンも振り向いてしまった。エリカはグレーのスカートを穿き、オーバーブラウスのボタンをちょうど留め終えたところだった。

「真面目な話よ。ヴァシェ・ド・ラプージュの名前は聞いたことがあるかしら？　有能で好戦的な前世紀の学者。徹底的な無神論者、反教権主義者で、爪の先まで社会主義に染まった人物よ。彼は、人類の幸福は厳しい自然淘汰の先にあると信じていたの。そして、未来の人類を担うべき人間を決定するために、頭蓋骨の測定に精を出して……」

「まさか、そんなことをしても有益な結果が得られるはずがない。そうだろう？」

「いいえ。それどころか、知能の高い人間とそれ以外の人間とのあいだには、一貫して頭蓋骨の大きさに違いがあるという法則を発見したのよ。どれくらいの差があると思う？　縦七センチメートル、横四センチメートルですって」

トリスタンは驚いて、確かめるように自分の頭を触った。

「彼はそれを普遍的なものだと考えていて、この差は遺伝によるものだとも言っている。ヴァシェ・ド・ラプージュによれば、労働者と知識人の子どもを比較した場合、早ければ歳のときから顕現するそうよ」

エリカはパールボタンの付いた黒い上着に袖を通した。

「だから、まずはラプージュの愚論を読んで研究するように、ベガーに提案するつもりなの。そうすれば、しばらくはそれに時間をとられて、生きたモルモットが責め苦を受けることはないでしょう」

「きみは変わったね」トリスタンは言った。

「いいえ、わたしじゃなくて、周りの世界が変わったのよ。ひどく物騒になったわ。恋人にまで命を狙われかねないような世界にね」

「まさか、きみは……」トリスタンは声を上げた。

エリカは鏡を見ながら、三つ編みに結ったブロンドの髪を右肩に垂らした。

「全部思い出したの。何もかもすべてね。さあ、あなたに残された道は二つに一つ。わたしにヒムラー長官に告発させるか、あなたがわたしのために働くか」

トリスタンは逃げ場を求めるように、ドアに視線を走らせた。

「あなたはリドの浜辺にいた。引き金を引いたのはあなたよ。嘘をつこうなんて考えないで。それから、わたしがあそこの窓から転落すればすべてが解決するなんて考えも持たないことね。わたしが何の手も打っていないはずがないでしょ？」

「きみの要求は？」

エリカは歩み寄ると、トリスタンに軽くキスした。

「すぐにわかるわ。とりあえず、ホテルの応接室であなたを待っている人がいるから」

「え？　待っているって誰が？」

トリスタンはもう降参するしかなかった。

「ラインハルト・ゲーレン。会えばわかると思うけど、なかなか魅力的な男性よ」

ホテル・ルテシアには小さな応接室がいくつもあった。戦前は左岸の恋人たちが逢引に使っていた場所が、今ではドイツの高官らの密談の場となっている。

応接室に足を踏み入れるなり、トリスタンは目を疑った。そこにいたのは、ヨレヨレで仕立ての悪いスーツを身に着けて民間人を装っている男だった。落ち窪んだ目、禿げ上がった頭、華奢な骨格。その風貌は軍人とはかけ離れている。

「アプヴェーアのラインハルト・ゲーレンです」

トリスタンは名乗りもしなかった。相手はアプヴェーアだ。どうせこちらのことなど把握済みに決まっている。

「ヒムラー長官より、あなたをイギリスに投入するようにとの要請を受けました。あなたにはこちらで万全な隠れみのを用意します。その上で、われわれがイギリスに構築した諜報網と接触していただきます」

しめた！　トリスタンは思わず口もとが緩みそうになった。これでエリカと距離を置くことができる。

「念のために申しておきますが、あなたの任務について、われわれは何も知らされていません。われわれの任務はあなたの後方支援をすることです」

「つまり、わたしの命はあなたがたの手中にあるということですね」

「そして、わたしの命はヒムラー長官の手中に。あなたが失敗すれば、わたしが責任を負うことになります」

ドイツにとって、残されたスワスティカを探し出すことは何よりも優先させなければならない喫緊《きっきん》の課題だ。したがって、ヒムラーは相当な圧力をかけてきたに違いない。

「隠れみのと言いましたね？」

「われわれは、敵国にそれぞれ隠れみのを確保してあるのです。ときには数年をかけて準備し、いつでも使える状態にしてあります。無論、あなたには完全無欠なものを提供しましょう」

トリスタンは肘掛け椅子にもたれた。

「わたしはどんな人物に扮するのでしょうか？」

「去る五月に、アルヴィン・ペパーブロックという男がロンドンで死亡しました。ごく平凡なイギリス人で、子孫はいません。ブルームズベリー地区に二階建ての一軒家を所有し、一人で住んでいました」

「彼に目をつけた経緯は？」

「ペパーブロックは美術愛好家でした。とりわけ、ドイツ表現主義の絵画を好んでいました。彼は日頃より、ナチスの侵攻から逃れてきたオランダ人の美術商から絵を購入していたのです」

「その美術商があなたがたの協力者だったというわけですか？」

「その美術商は、ロッテルダムに母親を残してきていましてね。高齢で、インスリンが必要な糖尿病患者です。われわれに顧客情報を売りこんできたのは向こうですからね」

トリスタンは何も言わないでおいた。ゲーレンが続ける。

「ペパーブロックが死ぬと、公証人は彼の法定相続人を探して、カナダにいることを突き止めました。アルヴィンにはオタワに住むクララという妹がいて、妹にはアダムという息子がいました」

「一人息子ですね？」

「さすが理解が早い。クララとその夫は、一九四〇年三月にケベック州のシェルブルック近くで自動車事故に遭い、すでに死亡していたのです」

「つまり、アダムが伯父アルヴィンの唯一の相続人であったと」

「そのとおりです。アダムは二十六歳。あなたより若いが、ちょうどあなたと同じ褐色の髪を持ち、背格好も似ています。さらに父親がケベック人だったため、英語よりもフランス語が得意なのです。現在、ブルームズベリーの家の所有者はアダムとなっています」

「今、アダムはどこに？」

「ロンドンへ向かう船の中です。正確に言えば、アダムの名を騙り、彼の身分証明書、家族の書類、公証人からの書簡、入国審査に必要な証明書類一式を持った別人ですが」

「で、本物のアダムは？」

「オタワ近くの美しい公園に埋められています。アダムの霊が安らかならんことを」

二七

ロンドン
バッキンガム宮殿

こんな夜更けにバッキンガム宮殿を訪れるのははじめてだ。まれに宮中晩餐会が十一時過ぎにまで及ぶことはあっても、宮殿で十二時の鐘の音《ね》が鳴るのを聞いたことはこれまでにない。

国王陛下との緊急会談——いや召喚というべきか——はきっとうまく運ぶことだろう。

その一時間前、チャーチルは庶民院より問責決議案を突きつけられていた。北アフリカでの戦闘でイギリス軍がドイツ軍に壊滅的な敗北を喫したことを受け、嫉妬深い議員団が首相の辞任を要求してきたのだ。歴代の首相の中でももっとも人気のあるこの自分に対して辞任しろだと？　よりによってこのタイミングで……。こうなったらモスクワに乗りこんで、スターリンとの歴史的同盟を結ぶまでだ。

《厄介事というのはドイツ空軍《ルフトヴァッフェ》による爆撃のようなものだ。いつも束になってかかってくる》——スターリンのそんな発言をどこかで読んだことがある。彼はきっと偉大な思想家に違いない。

国王に誘われ、チャーチルは宮殿の広大な庭園の小径をそぞろ歩いた。この上なく光栄なことではあるが、さすがのチャーチルも心身ともに疲弊していた。

「庶民院の反対派とやり合ったようですね」

ベンチに腰掛けるよう促しながら、国王が穏やかな声で尋ねる。

「ヒトラー、ムッソリーニ、スターリンが羨ましくなりますよ。独裁者であることの利点は、誰からも批判されないということです。靴下の色一つケチをつけようものなら、それこそ即銃殺刑ですからな……。まあ、この件はお任せください。今回の動議によって敵を巣穴から誘《おび》き出せたのではないかと思っております。自慢ではありませんが、射撃の腕には自信があります。獲物を順にしとめてみせましょう」

「ウィンストンくん、あなたは辣腕家《らつわんか》だ。そして、胆力がある。ときどき、あなたがこの国の真の君主となったように思うことがあります。そして、わたしはあなたの影となって働いているのではないかと」

「いいえ、陛下！　何より陛下と王室あってのグレート・ブリテンおよび北アイルランド連合王国であります。もし兄君のエドワード八世が王位に留まっておられたら……その先に起こることは想像するだに恐ろしい。われわれはヒトラーと同盟を結び、人種殲滅活動に手を貸していたかもしれないのです……。このたびはスターリンと協議をいたしたく、その議題についてまとめてまいりました。スターリンは、ソ連からドイツ軍を撤退させるために、西側に第二戦線を開くことを望んでいます。これにわたしは絶対反対の立場をとり、アメリカにも……」

国王は首を横に振った。

「その話はまたあとで聞かせてください。スターリンに交渉することについては、あなたを全面的に信頼していますから。それよりも、四つ目のスワスティカの探索はどうなっていますか?」

チャーチルは呆気にとられて国王を見つめてから、両手で顔を擦《こす》った。

「畏れながら、陛下、わたしにはほかに優先すべきことがあります。こうしてお話しできる時間も限られているうえ、先刻の議会で疲労困憊しておりますゆえ、お許しいただければお暇したいのですが」

「わかりますよ、ウィンストンくん。わかりますが……こちらには、最後のレリックを探し出すことがこの戦争の結末を左右すると信じるに足る根拠があるのです」

「どのような根拠でしょう?」

「申しわけないが、今は何も話せません」

「わたしを信用していただけないのでしょうか?」

「そうではありません。秘密にしておかなければならないことがあるのです。それは理性を揺るがす闇の国の扉を開くものです。あなたを混乱させたくはないのです」

チャーチルは疲労と怒りで真っ青になり、ゆっくりと立ち上がった。

「畏れながら、陛下、荒唐無稽な謎でしたら結構でございます。わたしは、何千万という国民の命がかかった戦争の指揮を執り、この国を導く立場にあります。そして、ヒトラーに次ぐモンスターと言われる人物への直談判を考えているところでもあるのです。それでも、迷信や魔除けのお話をしようとなさいますか？　でしたら、陛下、議員たちが不信任案をもってしてもなし得なかったことを、ご自身がなさればよろしい。今晩をもって、わたしは首相を辞任します。信頼に足る別の首相をお探しください。では、これにて失礼を」

国王は色を失った。首相がこのような態度をとるのは見たことがない。溜まりに溜まった鬱憤や怒りが一斉に爆発してしまったようだ。

「待ちなさい、ウィンストンくん。今戦いを放り出してどうするのです」

「わたしと同じくらい有能な人間が引き継いでくれます」

「あなたが辞任したら、自由世界は破滅します。議会で勝利したあとでそのような暴挙に出れば、誰もが理解に苦しむでしょう。わたしは自分のせいであなたを失いたくはありません」

チャーチルは口を閉ざしている。二人のあいだに長い沈黙が流れた。このまま時間を置くことがいいように働く場合もあるが、逆に致命傷となる場合もある。悪い流れならすぐにも断ち切らなければならない。その一心で国王も立ち上がり、チャーチルの肩に手を置いた。

「これから見せるものについて、何があっても決して口外しないでください。奥さんやお子さんにも。誓えますか」

「天地神明にかけて誓いましょう」

「記録に残すこともしてはなりませんよ」

「男に二言はございません」

「では、ついてきてください」


　十分後、二人は国王の書斎にいた。チャーチルは心地よい肘掛け椅子に体を預け、腸詰めのように太い葉巻を吸いはじめた。国王は小型のライティングデスクの前に立つと、その上の壁に嵌めこまれた金庫のダイヤルを素早く回した。

「陛下、わたしが強盗なら、あっさりやっつけてしまえそうな金庫ですが。とても厳重とは言いがたいですな」

「いいですか、ウィンストンくん。わが国では強盗でも王政支持者ですからね」

　国王は金庫から灰色の封筒を取り出すと、中から黄ばんだ便箋を出してチャーチルに差し出した。

「こちらを使ってください」象牙の柄のついた拡大鏡を渡しながら言う。「一九一八年二月十九日付の手紙です」

チャーチルは眉間に皺を寄せながら、便箋に目を落とした。

「ほう……剣と盾を持つ赤いグリフォンの紋章……ロマノフ家のものですな。ニコライと署名がある。従兄に宛てた書簡のようだ。シャーロック・ホームズの手を借りるまでもない。これはロシア最後の皇帝から陛下のお父上、今は亡きジョージ五世へ送られた手紙ですね」

「元ツァーリは、この一年前に王座を追われ、家族とともにシベリアのトボリスクで幽閉されていました。読んでみてください」

チャーチルは不審に思いつつ、素早く内容に目を通した。

「ふうむ……ツァーリは自身とその家族の行く末を案じ、お父上に亡命の受け入れを打診していたというわけですか。なるほど」

そう言うと、チャーチルは手紙を丸テーブルの上に置いた。

「悲劇ですな。お父上は受け入れるべきでした。ツァーリはロンドンにいながら、ロシア国内のレジスタンスを組織することもできたでしょう」

「ド・ゴール将軍のように？」

「まさにおっしゃるとおりです。しかも、あの弱虫将軍は大統領どころか、すっかり王様気どりです」

「父は、ロシアでニコライが驚くほど人気がないことを知っていました。亡命はツァーリの支持者の臨終の苦しみを数年ばかり遅らせるだけの行為だと考えたのです。それに、共産主義者の報復によって革命がこの国に波及することを恐れていました。結局、父は受け入れを拒否します。しかし、その年の七月、皇帝一家がエカテリンブルクで惨殺されたと聞いたときの父の衝撃は計り知れないものでした。この悲劇に父は胸を痛め、亡くなるときまで苦しんでいました」

「陛下、この手紙は心を揺さぶるような史実の証となるものです。しかし、レリックの伝説とはどのような関係があるのでしょう」

「まだ読んでいないところがあります。裏を返してみてください」

チャーチルは再び便箋を手に取ると、裏に返した。裏にはさらに細かい文字が書かれている。驚いたことに、文章の最後には鉤十字が記されていた。

「これをツァーリが書いたとおっしゃるのですか？　とても信じられない」

二八

ロンドン
バッキンガム宮殿

「ええ。読んでのとおりです。ニコライ二世は見返りとして、ロシア政府の所有する金塊の一部を進呈することを提案したのです。ウラジオストクの忠実な守備隊によって守られている三トンの金塊と、何より、歴史の流れを変えることのできる神聖なレリックとを」

「お父上は、レリックよりも金塊のほうに興味を示されたことでしょう」

「とんでもない。父はレリックの存在を以前から知っていたのです！」

ジョージ六世は立ち上がると、貴重な木で作られた陳列ケースの扉を開けた。中にはさまざまな品々が並んでいる。柄に赤い宝石が嵌めこまれた短刀、繊細な細工の施された純金の杯、銀の十字架、日本やアフリカの仮面……。

「わたしの小さな博物館です」

そう言って、国王はケースから、青いエナメルの縞模様のついた大きな黄金の卵を取り出した。

「これが何かは説明するまでもありませんね」

国王はそれをチャーチルの前にそっと置いた。チャーチルは眼鏡をかけ、金の卵にうっとりと見とれた。

「ファベルジェの卵（注2）ですか……。見事なものだ……。こうして手に取るのははじめてです」

「一九一三年にニコライから父に贈られたものです。二人は晩餐会のあと、この宮殿で語らいました。その際にニコライがレリックについて言及したのです。まさにこの部屋で、二人は話していました。わたしは屏風の後ろに隠れて、二人の会話を聞いていたのです」

「王子といえども、やはり子どもは子どもですな……」

「ニコライはこのファルベルジェのイースター・エッグを見せながら言いました。《この宝など比較にならない、畏るべきお護りがある。ロマノフ朝が三世紀にわたり所有してきたものだ。そのお護りはイースター・エッグのコレクションよりもはるかに貴重なレリックで、イギリスの誇る最強の戦艦でも及ばない強大な力を持っているのだ》と。ニコライによると、そのお護りはロマノフ家の権力の源であり、ロシアとその同盟国を守ることができるのだそうです」

「それが四つのスワスティカのうちの一つだということなのですか？」

「ええ。父が大声で笑っていたことを憶えています。父は理知的で実際的な人間でしたから。そう、あなたのように」

ら上っていく。


「賛辞と受けとめておきましょう」

　チャーチルはそう言うと、天井に向かって鼻から煙を出した。灰色の煙が渦を巻きなが

　国王は卵を慎重に陳列ケースの中にしまい、話を続けた。

「ニコライのほうは引っこみがつかなくなったらしく、ロマノフ家の奇妙な起源について語りはじめたのです。十七世紀初頭、ロシアは動乱期にあり、貧困と飢餓と混乱が国中に蔓延していました。ポーランド人やリトアニア人、東方民族の侵略が続き、全土で侵略者や無法者が跋扈《ばっこ》して、残虐行為を働きました。ツァーリは不在でした。貴族や聖職者では国家は保てません。国民には、希望をもたらし、国を再び統一することができる象徴的な人物が必要でした」

「歴史は絶えず繰り返されるものですな。困難な時代に、人々はいつも救世主の出現を願ってまいりました。赤ん坊が母親の乳房を求めるように。ときにそれは王であり、フューラーであり、〈国民の父〉であり……」

「あるいは首相であり……」国王が微笑んだ。「そんなとき、一人の若者が現れました。ヴォルガ川の畔、コストロマの修道院で母親とともに隠棲していた十代の青年です。彼はかつての王朝と姻戚関係にある貴族でした。当時、皇位継承権を主張する者がほかにいましたが、神の御手《みて》がこの若者の上に置かれたのです。彼の名はミハイル・ロマノフ。

一六一三年、彼はツァーリに即位し、ロマノフ王朝の創始者となったのです」

「陛下、恐縮ですが、ロシアの歴史でしたら多少なりとも心得ております……」

「まあお待ちなさい、ウィンストンくん。これからする話は、歴史の教科書には書かれていないことなのです。ニコライは父に、ロマノフ家に代々受け継がれてきた秘密について話しました。ツァーリになる前、ミハイルは他の修道士とともに修道院の建物の保全の仕事をしていました。ある日、修道院長から地下墓地の横臥《おうが》彫像を移動するように指示されて、墓の一つを開けたところ、秘密の通路を発見します。それは、キリスト教が誕生するはるか以前の時代に遡る異教の礼拝堂に通じていました」

　チャーチルは葉巻を置いて顔を擦《さす》ると、話を早く終わらせたいあまり声高に言った。

「いやはや、まるでライダー・ハガードの秘境冒険小説のようですなあ！」

「確かに……。ミハイルはそこで祭壇の上に置かれた奇妙な十字架を発見しました。それが今日スワスティカと呼ばれているものです。それを修道院長に見せたミハイルは、自分で保管することを許されました。そして、レリックを発見したその日、三百キロ離れたモスクワで貴族たちが彼をツァーリに選出したのです」

「偶然でしょう。人生とは偶然の積み重ねです」

「まだ話は終わっていません。その後、ミハイルはこの修道院を自らの庇護のもとに置きます。彼もその後継者たちも、そこをロシアの中でもことに霊験あらたかな場所の一つとみなしていました。彼は修道院にスワスティカを安置し、そこから決して動かさないよう後継者に命じます。そこにスワスティカが安置されている限り、ロマノフ朝の治世は続く。掟に背いた者は呪われる、と言って。すべてのツァーリがこの言いつけを固く守りましたが、ただ一人……」

「ロマノフ朝最後の皇帝、ニコライですね？」

「ええ。先の大戦で、ロシアは軍備で後れをとっていました。さらには革命家たちが扇動する暴動が全国各地で勃発し、危機を感じたニコライは、レリックを修道院から運び出してしまいます。その一か月後、彼は退位を余儀なくされました。コストロマの修道院の呪いです。ニコライから絶望に満ちた手紙を受け取った父は、彼がレリックについて語っていたのはこのことだったのかと、まざまざと思い知らされたというわけです」

「陛下がその話にお心を引かれるのはわかります。しかし、真に受けてしまわれると……」

「先ほど、父は理性の人だったと言いましたね。しかし、従弟が赤軍に殺害されたという事実は、父に想像を絶するような衝撃を与えたのです。父の性格は変わりました。罪滅ぼしにニコライの母親をロシアから脱出させたのですが、それしきのことで立ち直ることはできませんでした。一九三六年、父は死の床でわたしたち兄弟に約束させました。世界の安定を取り戻すため、レリックの探索にあらゆる手を尽くすことを。わたしたちはそれを聖書の前で誓わされたのです！　兄のエドワードは、父の言葉を死に瀕した人間の譫言《うわごと》としか捉えていませんでした。しかし、わたしは違います。誓いが頭を離れることはありませんでした。そこで、このレリックを巡る伝説について密かに調査を始めたのです。少し前のこと、わたしはこのレリックが複数存在することを知りました。覚えていますよね。SOEの司令官がゴードンクラブでスピーチをし、神秘思想に傾倒したナチズムの本質について訴えたことを。彼はスワスティカの伝説にも言及しました。そして警告を発したのです」

チャーチルは頷いた。

「なるほど。それで、陛下はわたしに、フランスのモンセギュールでの特殊作戦を許可するようにと、仰せになったわけですか……」

「レリックがほかにもあると知ったときの驚きといったらありませんでした。SOEがそれをイギリスに持ち帰ると、わたしは、友好国のアメリカへ移送したほうがよいと考えました。ナチスが本土に上陸した場合に備え、絶対に手の届かない場所に移すべきだと。スワスティカが今アメリカのどちらにあるのかはご存じですか?」

「最新の情報では」チャーチルは疲れのにじむ顔で答えた。「ボストン近郊の研究所に保管され、現在調査中とのことです。まあアメリカ人は実利的で結果がすべてという連中ですから。もし、その物体に陛下のおっしゃるような力があるとすれば、先端科学を通じて、その利用法を見つけ出すのではありませんかな」

「ええ、おそらくは。その結果、アメリカが余計に力をつけることにもなりましょう。チベットのスワスティカを保有するドイツのように。ですから、最後のスワスティカを是が非でも手に入れる必要があるのです。イギリスが戦後もその地位を維持するために」

「陛下、わたしにはどうも信じられません。しかし、本当にレリックにそのような力があるのなら、そのレリックは呪われているとしか思えません。世界に禍《わざわい》と苦難と混乱をもたらしただけではないですか」

「混乱をもたらすレリックですか……」国王は呟いた。

大時計が一時を告げた。すると、国王はさっと立ち上がった。

「遅くまで付きあわせてしまいましたね。さぞかしお疲れのことでしょう。ウィンストンくん、これ以上あなたを引き留めておくわけにはいきません。レリックの持つ力についてはまだ納得されていないようですが、せめてあなたの疑問には答えられたかと思います」

「お父上との誓いを果たそうとなさるとはご立派です。兄上よりもふさわしいと、神が陛下を選ばれたのでしょう。マローリー司令官より何か情報が入りましたら、すぐにお知らせいたします」

国王はチャーチルを書斎の戸口まで送り、長い握手を交わした。その表情からは真剣さがひしひしと伝わってきた。チャーチルは一礼すると、踵《きびす》を返した。書斎を離れたとき、背後で再び国王の声が響いた。

「ロマノフ家の呪いについて、一つ言い忘れていたことがあります」

チャーチルは振り向いた。

「あなたはロシアの歴史について知識がおありですから……」国王は続けた。「ニコライ一家が虐殺された場所はご存じでしょう」

「エカテリンブルクにある……」チャーチルは答えた。「元は町の名士の屋敷だった場所で、ご一家が監禁されていたイパチェフ館でしたな。当時、どの新聞にも取り上げられていましたから」

国王は一瞬、間を置いてから一本調子で区切るようにその名を繰り返した。

「イパチェフ……そのとおりです。しかし、こちらはご存じでしたか？　ロマノフ朝が創始されたコストロマの修道院もまた……イパチェフ修道院というのです」

チャーチルは返す言葉が見つからなかった。国王はゆっくりと書斎の扉を閉めながら言った。

「運命の大きな地図においては、しばしば偶然の一致が道しるべとなることがあります。その暗合を知ることで、神の意図した方向へ進むことができるのです。必ずや最後のレリックを見つけ出してください。ナチスより先に。なんとしてでも！　世界の未来がかかっています」

「もし失敗したら？　ＳＯＥからはまだ連絡がありません。何の手がかりもないのです」

「そのときは、神の憐れみがあるでしょう」

二九

パリ
ホテル・ルテシア

ホテル・ルテシアの一室で、トリスタンはカモフラージュの精度を高めるためにゲーレンより指導を受けていた。ホテルを占拠するドイツの将校や高官たちの群れから離れ、ひっそりとした部屋の中で座っていると、大学時代に戻ったような気がする。ただし、目の前で能書きを垂れているのが教授ではなく、スパイ活動の指導者という違いはあるが。

イギリスに向けて出発するにあたり、一つもミスは許されない。数年間ヒムラーに仕えて、やっと到来した自由世界へ戻る千載一遇のチャンスだ。とはいえ、今はまだホテルに軟禁された状態で、しかも人を疑うのが商売のゲーレンとともにいる。実際、この男は自分についてどこまで知っているのだろうか？　もしや、二重スパイとして工作に関わってきたこれまでの活動を暴くためにこの場にいるのでは？　いや、だとしても、尻尾を摑ませるつもりはない。だからこそ、ここまでやってこられたのだ。ナチスの中に潜りこんだネズミは壁の色と同化した。ネズミに気づく者はいない。

しかし、慢心は禁物、ゲーレンは要注意人物だ。多くのドイツ人将校が判で押したように堅物で尊大であるのに対し、この男には並外れた適応力があることがわかる。うわべは将校らに同調しているように見せかけて、実は油断ならない。石橋を叩いて渡るタイプのようでもある。

ロンドンで活動するための準備として、ゲーレンは教授する項目を一つに絞って話した。すなわち、敵地において生き残る術である。意外にもゲーレンは〝あらゆる危険に備えて常に警戒を怠るな〟などとは説かず、「できる限り存在感を消せ」と諭したのだ。話を聞きながらトリスタンは内心、ゲーレン自身のサバイバル術を教えてくれないだろうかと思った。東部戦線で最初の敗北を喫してからというもの、アプヴェーアは責任を追及され、ロシアの抵抗力を過小評価したとしてナチスからも非難を浴びている。ゲッベルスをはじめ、国賊呼ばわりする者まで現れ、粛清は時間の問題と思われた。しかし、粛清がゲーレンにまで及ぶことはなさそうだ。この男なら狡猾に立ち回り、他の者たちと共倒れになるような真似はすまい。

それにしても、アプヴェーアの幹部がイギリスにおけるドイツの諜報網について、あっさりと口にするとは意外だった。ゲーレンは巧妙に張りめぐらされた組織網の存在をにおわせもした。明らかにイギリス側には知られていない情報だ。

一瞬、トリスタンはゲーレンの話に飛びつきそうになった。だが、実際は、ゲーレンは単に仄めかしただけだった。イギリス側が知って喜びそうな情報は何一つ明かされていない。

　これからロンドンでスワスティカを探すことになるが、発見に至ったときにイギリス側はどんな反応を見せるだろうか。マローリーのことは信頼している。しかし、ＳＯＥの上層部は信用できない。胡散臭い問題はトリスタンもろとも闇に葬ってしまうほうが都合がいいと考えるのではないか？　探求すべき聖杯があるうちは、自分に利用価値はある。だがそのあとは？　何か取引に使えそうなものがない限り……。

　トリスタンはゲーレンに目を向けた。

「イギリスの政済界にもネットワークがあるのでしょうか？」

　ゲーレンが時計を確認した。

「お話ししてもいいのですが、そろそろお帰りいただく時間です。アーネンエルベ所長と面談の約束があると伺っています。ヒムラー長官の覚えめでたい女性をお待たせするのは、わたしとしても本意ではありませんから」

　なぜゲーレンは、エリカのことを《ヒムラー長官の覚えめでたい女性》などと言ったのだろうか？　廊下を歩きながらトリスタンは自問した。ヒムラーとの関係をあてこすったのだろうか？　ベルリンでは、ゲッベルスの不倫が噂されているほか、ヒムラーと秘書のヘトヴィヒがただならぬ関係にあるのではないかと取り沙汰されている。この二月にヘトヴィヒが婚外子を出産したと囁く者まで出ていた……。ヒムラーはいつから艶福家《えんぷくか》になったのか？　エリカまでカサノバに引っかかってしまったということか？　イギリスへの出発を明日に控え、こんなことに頭を悩ませている場合ではないことくらいわかっている。しかし、胸の奥に突き刺さる真っ赤な嫉妬の棘をどうしても意識せずにはいられない。トリスタンは足を速めた。

エリカが滞在しているのは、ホテルでも指折りの豪華な客室だった。二本の通りに面した広間からは、サン・ジェルマン・デ・プレ教会の鐘楼《しょうろう》とボン・マルシェ百貨店のペディメントの両方を望むことができる。トリスタンには信じられなかった。モンセギュールやクレタ島でのエリカは寝る場所など頓着しなかったし、贅沢志向をあからさまに軽蔑していたからだ。だが、それはもはや過去の話らしい。巨大なベッド、そこら中に飾られている鏡。部屋はまるで人気女優に用意されているスイートルームのようである。

顔を上気させ、バスルームから出てくると、エリカはベッドに腰掛け、煙草に火を点けた。惚れ惚れするくらい美しい。エリカ自身もそれを承知している。そして、何よりその言動一つで、トリスタンの運命は大きく変わってしまうかもしれないのだ。

「ゲーレンとの面談はどうだった？」

「きみが煙草を吸うとは知らなかったよ」

「いつ命を落としてもおかしくないとわかった以上、少しくらい人生を楽しんだって悪くはないでしょう。それより、ゲーレンのことが聞きたいわ」

「彼に興味があるの？」

「興味があるのは、アプヴェーアよ。アーネンエルベは今後ますます科学研究分野に力を入れていくことになるでしょう。だから、他国の動向を知る必要があるわけ。ゲーレンには、アプヴェーアに学術スパイ専門のチームを作ったらどうかと持ちかけたの」

「まさか、ユダヤ人を見分けるために頭蓋骨を測定しようとしている国がよそにもあるなんて、思っているんじゃないだろうね？」

エリカは気持ちよさそうに煙を天井に向けて吐き出した。

「ヒムラー長官の要請で、医学研究にも取り組むわ」

「きみたちはフランケンシュタインごっこがしたいのか？」トリスタンは皮肉った。「自分たちのちっぽけな手でナチスの超人を創るつもりかい？」

「そんなことより、スワスティカの探索のほうはどうなっているの？」

「明日、ロンドンへ出発する。見つけた手がかりをたどったところ、そこに行き着いたんだが……」

エリカが遮った。

「知っているわ。ツァーリが所有していたレリックは、ボリシェヴィキが権力を握る直前にロシアを離れ、イギリスに移送された。そうでしょ？」

「長官に送った俺の報告書にしっかり目を通したみたいだね」

「ええ、そうよ。断っておきますけど、あなたは今もアーネンエルベの一員ですから。つまり、わたしの配下にあるということ」

エリカはバスローブの裾をはだけると、涼もうとするように両脚を露わにした。記憶喪失がエリカの性格まで変えてしまったのだろうか？

「さっき、俺がきみを殺そうとしたって言っていたね。長官に告発すると脅して……。何が狙いなんだ？」

「もう弁解もしないつもり？　自分はやっていないとも言わないのね？」

「じゃあ、どうしろと？　そっちの勝手な妄想だろう？　俺が殺そうとしたと本気で思っているなら、長官のところに行って、俺のことを告発すればいい！」

エリカは二本目の煙草に火を点けた。

「知っている？　脳は死の直前に知覚したことすべてを非常に正確に記憶するんですって」

「きみは死んでいないけどね……」

「でも、わたしはリドの浜辺であなたの周りにいた人たちの顔を鮮明に覚えている。細かいところまで覚えているから、証明写真と同じくらい精度の高いモンタージュを作成することができるでしょうね。それをイギリスのスパイのファイルと照合してみたらいいと思うわ……」

「でたらめもいいところだ！」

「このことをゲーレンが知ったら、あなたをイギリスへ行かせるかしら？」

トリスタンはエリカに詰め寄った。

「やめておくことね！　ここは人気《ひとけ》のないポンメルンの城館とは違うわよ。ドイツ人がわんさといるホテルだから。わたしが悲鳴を上げたら、すぐにゲシュタポが駆けつけてくるわ。それでもいいの？」

「いい加減にしろ！」

恋人の怒りをよそに、エリカは日向ぼっこをする猫のようにベッドの上に寝そべった。

「どうせレレリックを見つけたら、イギリスの仲間に渡すつもりなんでしょう？　そんなことくらいお見通しよ。でも、あなたは一つ忘れているわ。レリックを手に入れたとたん、探索の事実を伏せておきたいお仲間にとって、あなたは厄介な存在となる。知りすぎた男ということね」

トリスタンは笑い飛ばしてみせたが、エリカの指摘はまさしくトリスタン自身が抱いている懸念そのものだった。だが、そんな素振りを見せるわけにはいかない。

「チャーチルのイギリスか、麗しのきみの祖国か？　俺が頭を撃ち抜かれて死ぬ可能性が高いのはどちらかな？」

「どちらもよ、わたしがすべてを話しさえすればね」

トリスタンは窓に肘をついて寄りかかった。先ほどからずっとエリカが鎌をかけているのはわかっている。だとしても、エリカがここまで自分のことを罪悪視するのには何かわけがあるのか。それが解せない。

「ゲーレンにきみの妄想を聞かせたところで、俺のイギリス行きが取りやめになることはない。何にも増してヒムラー長官がレリックを望んでいるからな」

トリスタンにはさらに気になることがあった。先ほどからエリカはしきりにゲーレンの名を出しているが、それはなぜなのか。ゲーレンには妄想を話してしまっているのだろうか。

「その点はあなたの言うとおりね。長官を納得させるには少し時間がかかるでしょう。その代わり、相手がイギリス人なら、話は早いわ。わたしはあなたのことをいろいろと知っているし……彼らに直接知らせることができる」

「ゲーレンと仲よくしているおかげというわけか？　だが、イギリス側にきみのその妄想を話したところで、向こうには何のメリットもないぜ」

「わたしは彼らに真実を話すつもりだとは言っていないわよ。わたしを見くびらないでくれる？　彼らにはわたしだけの真実を伝えるつもりよ。あなたがヴェネツィアで発砲したのはイギリスの特殊部隊を追い払うためだった。あなたとわたしはグルだった……。何よりその証拠に、わたしはまだ生きている」

トリスタンは黙ってエリカを見つめた。エリカは演技をしているかのようだった。それも悪役を。自分の知っているエリカはこんな振る舞いをするはずがない。その人を食ったような態度はわざとらしく見えるが、セリフのほうは真に迫っていた。

エリカはトリスタンの顔に煙草の煙を吹きかけた。

「こう吹きこんであげてもいいわよ。実はあなたが三つ目のレリックを手に入れて、ドイツ側に渡していたのだと。アプヴェーアはどんな証拠も捏造することができる。ゲーレンがそれをイギリス中枢部の耳に届くように仕向けるわ。彼らは真に受けるでしょうね。そしてあなたは、イギリスに着くと同時に死刑を宣告される」

エリカがバスローブの紐を解く。

「レリックを手に入れたら、ドイツに戻ってくればいいわ。わたしが黙ってさえいれば、あなたは安全。でないと……」

エリカがトリスタンの体を引き寄せた。

「……でないと、もう二度と女を抱けなくなるわよ」

三〇
ロンドン

強い照明光の下、ロールはぼんやりと目を覚ました。目を瞬《しばた》くと、すぐに意識がはっきりした。もう床に横たわってはいない。椅子に座っている。椅子は床に固定されていた。両手は肘掛けに縛りつけられ、両足は前に傾いた三脚の台に乗せられている。ロールが座らされているのは拷問用の椅子だった。

体を動かそうとすると、手首に鋭い痛みが走った。胴と手首と腿がワイヤーで括りつけられている。無駄に足掻《あが》くのはやめ、ロールは周囲を見回した。誘拐犯は自分を別の場所に移したらしい。部屋に窓はない。地下室のようだ。染みだらけの灰色の壁は湿気臭く、実家の城にあるワイン貯蔵室を思い起こさせる。低い天井からは裸電球がぶら下がり、どぎつい光を放っていた。左を向いても右を向いても、今度は死体はない。家具といえば、正面にあるテーブルくらいで、ほかには部屋の隅に穴の開いた箱がいくつか積み上げられているだけだ。

激しい喉の渇きを覚え、舌で唇を湿らせてみたが、布やすりをかけたかのように口内はカラカラに乾いている。

誘拐されてから、いったいどのくらいの時間が経つのだろう。薬の作用で数時間か、いや、もう何日も眠らされていたのかもしれない。不思議と、最初に目覚めたときよりも不安が薄らいでいる。それどころか、希望すら湧いた。自分がまだ生かされているということは、犯人に何らかの意図があるからだ。でなければ、とっくに消されている。それに、クロウリーから報告を受けたマローリーが、きっとこのピンチに気づいて動きはじめているに違いない。そう考えることでロールは自分自身を奮い立たせた。

ドアの向こうからかすかな音が聞こえ、ロールは耳をそばだてた。人の声だ。鍵を差しこむ音がして、ドアノブが回る。ロールは反射的に立ち上がろうとして、鉄の剪定鋏《せんていばさみ》に断ち切られるような痛みに襲われ、息が止まりそうになった。

再び恐怖が込み上げてくる。尋問前の不安を鎮めるための訓練など、実際、何の役にも立ちやしない。

戸口に男と女が現れた。二人ともまだ若そうだ。自分と同じくらいだろうか。男は細面で、繊細さが感じられる。ヴァイオリニストか、はたまたピアニストか。そんなふうに思うことすら馬鹿げているが、音楽家を思わせる顔立ちだ。一方、女のほうは活発な雰囲気で、連れよりもよほど男性的な顔つきをしている。

男はロールに近寄ると、明るく微笑んだ。

いんだけど」

「気分はいかが、スパイのお嬢さん？　新しいお家はどうかな？　気に入ってくれるとい
「今すぐ拘束をほどきなさい！」

女はテーブルの端に座り、不快そうにロールを見ている。

「ほらね、コンラッド。これだからフランスの女は鼻もちならないのよ。高飛車でさ」

「そんなことないよ。戦前、リヨンの可愛い子ちゃんと付きあっていたんだ。俺はフランスを愛してるぜ」

「侵略しちゃうくらい愛してるってことかしら」ロールは吐き捨てた。

コンラッドはそれには反応せず、ロールの髪を撫でた。

「あの電話ボックスの中で、何をしていたんだい？」

「アーティチョークを植えていたの……って言ったら？　もちろん、そんなわけない。いい？　あの狭苦しい箱の中ですることといったら、電話以外にないでしょ」

コンラッドは素早く女のほうを見た。

「まったく」女が口を開いた。「あんたはこの子になめられてんのよ」

コンラッドは困ったような顔をしている。

「アーティチョーク……悪いけど、外国のユーモアって、よくわからないときがあるんだよな。ジョークは嫌いじゃないんだけどね」

「ドイツのみなさんはそのようね。有名な話だわ。だから、おたくのフューラーはチャップリンみたいな髭にしているんでしょ？　それこそ喜劇ね」

コンラッドの顔がぱっと輝いた。

「今度はわかったぞ……ああ、これがフランス人のエスプリってやつだね。フランス語も比喩に富んだ表現もすごくいいと思うけどさ、フランス人って衛生観念がないよね」

ロールは唾を飲みこんだ。この男は自分を挑発しようとしている。見え透いた手だ。

コンラッドはロールの手を取ると、じっくりと調べはじめた。コンラッドの指はゴツゴツしていて、音楽家というにはほど遠い。

「どれどれ」コンラッドはロールの指先に顔を近づけた。「うーむ……思ったとおりですね。ここに汚れが溜まっていますす。ご存じですか？　これがバクテリアの温床にもなるのです。わが師の教えでは、爪の汚れ具合で劣等人種かどうか見分けることができるのだそうですよ」

「あなた、何者？　ナチス専属の爪の美容家？」ロールは言い返した。

「これはまたおもしろいことをおっしゃる」コンラッドがにこりともせずに言う。「愛しいスーザン、こちらのお客さまの爪のお手入れをして差しあげておくれ」

スーザンは頷くと、ロールのそばに座った。とたんにむせかえるような花の香りが鼻を打つ。珍しい匂いの香水だ。スーザンは金糸で繊細な花模様が刺繍された小さなピンクの革ケースをテーブルに置き、銀の爪ヤスリを取り出した。

コンラッドがロールの手を肘掛けの上に押しつけ、指を開かせた。スーザンが埃でも払うように爪ヤスリに息を吹きかける。ロールの心臓が早鐘を打ちはじめた。

「じっとしていて。あたしは戦前、マニュキアリストだったんだから」

スーザンは器用な手つきで小指の爪を熱心に磨いた。ロールは息を止め、ヤスリの正確な動きを催眠術をかけられたように見つめた。やがて、スーザンは満足げに爪の周りに息を吹きかけると、ロールの目を覗きこんだ。

「きれいな手をしているわね。もったいない……」

「え?……もったいない?」

「傷をつけるのが」

スーザンは静かな笑みを浮かべてロールをじっと見ながら、磨いたばかりの爪のあいだにヤスリの先端を突き刺した。ロールは激痛に声を上げ、椅子の上でのけぞった。コンラッドがロールの体を椅子に押さえつけ、スーザンがなおもヤスリを押しこむ。傷めつけられた小指から血が流れ出し、床にポタポタと落ちた。

「やめて! わたしは何もしてない!」ロールは叫んだ。

「そうかもな」コンラッドが答える。「俺が知りたいのは、地獄の火《ヘルファイア》クラブの前で何をしていたのかってことだけだ。きれいにおめかししたフランスのお嬢さんが行くような場所とは言えないからね」

スーザンがヤスリを引き抜き、今度は中指の爪のあいだにギリギリと差しこむ。ロールは再び悲鳴を上げた。コンラッドは手でスーザンを制し、ヤスリの先は爪の中ほどまで入ったところで止まった。

「俺の好きなフランス語の言い回しの中に、おもしろいのがあってね。《小指が教えてくれたよ《モン・プティ・ドワ・マ・ディ》》っていうんだけど」

コンラッドは自分の小指を耳に当て、電話で話しているように頷いた。

「もしもし、ああ、そうですか……わかりました……。なあ、フランスのお嬢さんよ、俺の小指が、きみが隠し事をしているって教えてくれたよ。俺の小指は滅多に間違いを犯さないんだぜ。さあ、正直に言うんだ。なぜあそこで見張っていた？　クロウリーのデブに何の合図を送っていた？」

ロールは頭を忙しく働かせた。拷問にそれほど長くは抵抗できないだろう。ＳＯＥの教官が言っていた。自白を遅らせることはできるが、それも時間の問題で、数分ともたない者もいる。何をもって痛みに耐えるかは人それぞれだ。しかし、どんなに勇気があっても、勇気が神経系統に影響を及ぼすことはない。群を抜いて勇敢なエージェントがゲシュタポの手で無力化されてしまうことがある一方で、たいしたことのない者が最後の最後まで抵抗を見せることもある。

「わ、わたしは……友だちに電話をかけて……」

爪ヤスリがさらに奥まで進入する。

「そういうことなら、親指も掃除しないとね。すごく汚れているわよ」

ロールを責め苛むあいだ、マニキュアリストはずっと薄笑いを浮かべたままだった。

「あたしはね、何年も、こっちのことを屑みたく見下す客たちの爪を手入れしてきたの。あいつらの堕落した肉体にこのヤスリをズブリと突き刺す夢を何度見たことか！」

ロールは絶叫し、その声が地下室の壁に反響する。コンラッドが顔を寄せ、ロールの髪を撫でながら耳もとで囁いた。

「俺たち国家社会主義者のことを怪物やサディストだと思うかい？　とんでもない。きみが苦しむのを見て、俺が喜んでいるなんて思わないでほしい。俺はＳＳじゃない。俺には貫徹すべき使命があって、そのためならどんな手段も使わなければならないんだ。話してくれ。そうすれば、きみを殺したりはしない」

スーザンが諦めたように首を横に振った。

「時間の無駄よ。もうわかったでしょ。意固地な女よ」

ロールは手足をぶるぶる震わせている。もう長くは持ちこたえられそうもない。痛めつけられた指も、あえて見ないようにした。

「別の道具に変えるわ」スーザンが続ける。

スーザンは血まみれのヤスリをテーブルの上に置くと、今度はケースから銀のハサミを取り出した。

「あたしの仕事には、最上級の道具を揃えておく必要があるの。この小さなハサミは何千本もの指の爪を切ってきたけど、まだ全然刃こぼれしていない。イギリス製よ」

スーザンはロールの頬をハサミで撫でてから刃を広げ、その切っ先を下まぶたにあてがった。

「『霧の波止場』は知っている？」

スーザンが切っ先を薄い皮膚に押しつけながら話しはじめる。

「アーリア人の美男美女、ジャン・ギャバンとミシェル・モルガンが出ている戦前のフランス映画よ。見たことある？」

ハサミのひんやりとした感触に、ロールはぐっと涙をこらえた。

「あるわ……二人のアーリア人はドイツには協力しないで、南米に行こうとするけど。あなたと違って」

「そんなの関係ないから……。映画の中で、ギャバンはミシェルを口説くの。《きれいな目だね》って。そして、彼女を抱き締めてキスをする。もうぞくぞくしちゃったわ。いい？　今からあんたの片目を潰したら、もうあんたにキスしてくれる男はいなくなる。もう一方も潰したら、お先真っ暗ね」

スーザンがロールの鼻先でハサミをくるくる回す。

「そのかわいい鼻をちょん切ったり、口を大きくすることだってできるんだよ……」

ロールの心臓は破裂寸前だった。全身の細胞という細胞が恐怖に浸される。

と、突然、地下室のドアが大きく開いたかと思うと、図体の大きな坊主頭の男がずかずかと中に踏みこんでくる。男はロールに一瞥をくれてから、コンラッドの肩に手を掛けた。

「すぐに来てくれ。緊急だ！」

「これから彼女が楽しい話をしてくれるところなんだけどな」コンラッドが不満げに言う。

「すまんが、そいつは後回しにしてくれ。おまえたちにもっと重要な任務が与えられた」

スーザンはがっかりした表情を浮かべながら、道具をケースにしまっていく。

「じゃあまた。あとでお話の続きをしましょうね」

三一

ロンドン
ブルームズベリー地区

瓦礫の中で飢えた市民がネズミと食べ物を奪いあう――そんな荒廃したイギリスの首都を描いてみせたヒトラーのプロパガンダとはまったく違う。今やロンドンは荒廃から立ち上がっているように見えた。どちらを向いても通りは軍人や先を急ぐ市民、売春婦たちの姿で溢れ、活気に満ちている。占領下のパリとは対照的だ。トリスタンは、行き交う人々よりもゆっくりと公園沿いを歩いた。公園周りの植樹の葉むらが通りを縁取るように影を落としている。この陽気のなか、上着に帽子という出で立ちは〝よそ行きの服を着て上京してきた田舎者〟を意識したものだ。

公園では、若いカップルたちがこっそり芝生に入りこんで愛を語り、子どもたちが植込みの中で遊んでいるが、巡回中の警官がそれに目くじらを立てることはない。トリスタンは胸が締めつけられた。人々が幸せに暮らす都会の土を最後に踏んだのはいつのことだったろうか？　荒れ果てたバルセロナから、ナチス一色のベルリンを経て占領下のパリで過ごすうちに、もはや民主主義での暮らしがどんなものだったのか、すっかり忘れてしまっていた。

だが、新聞の見出しに目をやれば、ヨーロッパ最後の自由の砦も幾多の困難に直面していることがわかる。一皮剝けば、ロンドンは政治的危機に瀕し、社会から突き上げを食らうなかで、絶えず混乱状態にあった。さらには、死体に鉤十字の傷があるという殺人事件が発生していることも看過できない。それが仕事を進めるうえで障壁となることは間違いないだろう。当局はナチスがあちこちに潜伏していると考え、警戒を強めているはずだ。

ラッセル・スクエアの角まで来ると、トリスタンは左折してベッドフォード・ウェイへ向かった。その一角には盛夏の公園の色彩とは対照的に色褪せたレンガ造りの大学の校舎が建ち並ぶ。自分の第二の人生が待つ場所、ゴードン・スクエアに行くための目印だ。アプヴェーアの専門家の指導のもと、トリスタンはパリで戦前の写真を見ながらロンドン中心部の地図を丸暗記していた。この通りの終わるところで左折し、最初の角を右へ曲がる。そのまま二六番まで直進すると、そこに伯父の家がある。

身も心もアダムになりきれるよう、トリスタンはゲーレンから手ほどきを受けていた。自分が任務を遂行するために消されたケベック人の青年の人生を、自分が代わりに生きるのだ。二十六歳で突然命を絶たれた青年の経歴は、これといって特筆すべきことがなかった。学歴のほか、少々かじった程度の美術の知識があること、カヌーに夢中で、カナダウイスキーに目がないことくらいである。ゲーレンとトリスタンはそれらの情報に肉づけをして、アダムの人物像をでっち上げることにした。そうして、職質や尋問にも耐えうる信憑性のあるもう一人のアダムを完成させた。

ゴードン・スクエア・ガーデンが見えてきた。住まいは木々に囲まれたその庭園の向かいにある。トリスタンは帽子と上着を脱ぐと、建物のファサードに目を向けた。写真で見たままだ。三階建てで、手前に鉄柵がある。灰色のレンガの外壁。各階には三つずつ窓があり、入口だけが白く塗られている。

「アダムさんですか?」

ドアの前にディケンズの小説から飛び出してきたような男が立っていた。チェックのジャケットを着て、下膨れの赤ら顔をしている。

「公証人のボズウェルです。ブルームズベリーにようこそおいでくださいました!」

トリスタンも挨拶を返した。

「長旅でさぞやお疲れでしょう!　伯父さまとお会いになったことは?」

「一度もないんです」トリスタンは答えた。「母からも伯父の話はほとんど聞かなかったし」

「ええ。最初のうちは手紙のやり取りをしていたようですが、時とともにだんだん疎遠になっていったようで……。とはいえ、法律で決められていますからね。あなたが唯一の相続人となります。伯父さまは倹約家で、銀行にかなりの額の財産を残していました。そちらで相続税はまかなえるでしょうし、当分のあいだ、お金の心配はないかと……。イギリスに移住なさるおつもりは？」

「ええ、たぶん。母は滅多に自分の兄について話しませんでしたが、母国の話はよくしてくれました。それで、自分のルーツを知りたいと思っていたんです」

「あっぱれな心意気ですな」ボズウェルが感心したように言う。「では、ひとまず家の中をご案内しましょう」

ボズウェルに先導されるまま、左手のキッチンはあと回しにして、リビングルームに入る。通りに面して二つの窓があり、外部からの視線が気になる。目隠しを施す必要がありそうだ。幸い、庭園側に大きなフランス窓がある。それ一つで採光は十分だ。

「おわかりでしょうが」と、ボズウェルが深々とした革張りの肘掛け椅子と磁器のティーセットを示した。

「伯父さまは典型的なイギリス人でした。あちらのとおり、絵の趣味は違いますが……」

トリスタンは正面の壁を見た。絵画が一面に飾られている。どれもドイツ表現主義に位置づけられる作品ばかりだ。

「いったいあんな落書きみたいな絵の何がいいんだか……」

アダムの伯父のコレクションは数年もすればかなりの高値がつくものと見たが、もちろん口にはしない。アダムの知り得ないことだからだ。

二階に上がると、大きな寝室が二部屋あった。トリスタンは伯父がどちらの部屋で死んだのかは訊かないでおいた。続けて向かった三階では意表を突かれた。フロアが丸ごと図書室になっているのだ。これでリビングの窓を覆う必要もなくなった。この場所でゆったりと寛ぐことができる。さらに棚に並ぶ本を見て、トリスタンはまたまた驚いた。

「イギリス貴族に関する本ばかりですね……」

ボズウェルは肩をすくめた。

「ええ。あなたの伯父さまが絵のほかに夢中になっていたことです。なんでもおたくの家系図を作成したところ、ジョージ一世時代の準男爵に行き着いたそうで……。それを機に、系譜というものに関心を持ちはじめたそうです。特にイギリス貴族に並々ならぬ興味を示し、マニアと呼べるほどでした。晩年はいつもその話題ばかりでしたよ」

トリスタンは自分の架空の人物像を肉付けするため、ボズウェルの話に注意深く耳を傾けた。家族にまつわるエピソードはたくさん用意しておくこと。ゲーレンから教わったことだ。それがあれば、尋問中に時間を稼いだり、話の矛先を変えたりすることができる。

「ありがとうございました。下までお見送りしましょう」トリスタンは言った。

「それはどうも。鍵はリビングルームのテーブルに置いておきましたから。落ち着いたら事務所に寄ってください。署名していただきたい書類がありますので」

キッチンの横を通りかかったとき、トリスタンは窓の下の床に焦げ茶色の板が釘で打ちつけられていることに気づいた。

「伯父が修理したんでしょうか？」

ボズウェルは微笑んだ。

「ああ、地下へ下りるための揚げ戸を取り替えさせたようですよ。隙間風が嫌だったようで、地下室のせいでキッチンが冷えると言っていました。それで、板で入口を塞いだのです。一人暮らしの高齢者は、往々にして強情なところがありますからね……」

トリスタンはさっそく板を外そうと思った。地下室があるなら、それも特に天井が高くて静かならきっと役に立つはずだ。

ボズウェルを見送ると、トリスタンは再び三階に上がった。火を点けた石油コンロに水を張った鍋をかけ、ティーポットに縮れた茶葉を砕いて入れる。それから、図書室を歩き回ってあちこちから本を抜き出し、机の上に崩れそうになるまで本を積み上げていった。鍋が一煮立ちすると、トリスタンはティーポットに湯を注ぎ、一冊目の本を開いた。

ジェームス・ハドラーを探すべく。

トリスタンはこのジェームス・ハドラーについて、いろいろと考えを巡らした。イギリス人らしき名前だが、ロシア皇帝が所有していたレリックとどんな関わりがあるのか？

スワスティカをロンドンへ移送する手筈を整えた人物か、あるいはスワスティカの警備についていた人物か？　皇帝一家との関係は？　何であれジェームス・ハドラーがただ者ではないということは、すぐに察しがついた。ニコライ二世と関係のあった人物と見て間違いないだろう。ところで、ニコライ二世はイギリス貴族と長年にわたり親交があったという。確か、皇后はヴィクトリア女王の孫娘ではなかったか。したがって、ジェームス・ハドラーなる人物が社交界にいたとしても不思議ではない。

トリスタンは伯父の持っていた専門書を片っ端から調べていった。しかし、何の手がかりも得られなかった。ジェームス・ハドラーは準男爵でも、貴族院の議員でもない。地方の小貴族でさえなかった。ジェームス・ハドラーという貴族は存在しないのだ。トリスタンは再び頭を捻った。貴族ではなかったとしても、上流社会の人間であるには違いない。典型的なイギリスの階級制度において次に考えられるのは、高級官僚や外交官、大実業家といった職業だ。それらが網羅している本は一つしかない。社交界の面々やスノッブ、社交界に憧れる人々のバイブルとなっている『フーズ・フー』だ。

一八四〇年代の創刊時からこの紳士録は売れ行きがよく、収録されている著名人の略歴を読むことを趣味にする者や、自分の名前が載ることを期待する者が毎年発売を楽しみにしている。伯父の図書室にも何年分かの紳士録があった。トリスタンはロシア革命の時期にもっとも近い、一九二〇年の年鑑を選んだ。

ジェームス・ハドラーの名を見つけるのに時間はかからなかった。ジェームス・ハドラーという人物は確かに存在しており、その経歴も公開されていた。ハドラーはオックスフォード大学を卒業後、外務省に入省している。そこでいくつかの業務に従事したのち、大使館に配属される。はじめはマドリード、次いでローマ、ウィーンと続く。まだ経験が浅いにもかかわらず、任地が大都市ばかりだ。しかも、配置転換になるたびに、先の大戦の引き金となった場所へと近づいている。常に歴史が動くのを目の当たりにしてきたジェームス・ハドラーの能力や才能とは、いったいどのようなものだったのだろう。最後から二行目の記述を見たとたん、トリスタンは息を呑んだ。

《一九一七年、モスクワに赴任》とある。

トリスタンは、未発表の絵を見つけたときのような興奮を覚えた。また追跡が始まろうとしている。再び自分が探索活動に引きこまれていくのを感じる……。最終行にはハドラーの住所が記載されていた。

《ケンジントン、ホランド・ロード一五番》

トリスタンは鍵を握り締めると、一気に階段を駆け下りた。それから、ロンドンの地図を念入りに確かめて一路東へと向かった。

ハドラーの家の前に着いたとき、ここで別人を騙っても意味がないとトリスタンは感じていた。ハドラーがスワスティカの持ち出しや保護に関わっているとすれば、猜疑心も強くなっているはずだ。下手に注意を引くような真似はしたくない。

二本の白い柱が支える柱廊式玄関の邸宅は、その主が裕福であることを物語っていた。通りに面した二つの窓にはブラインドが下りている。二階も同じだ。住人は都会の蒸し暑さを逃れて避暑地にでも行ってしまったのだろうか。トリスタンは隣家とのあいだの狭い通路に近づき、さも鍵をなくした住人のように平然と低い鉄柵を跨いだ。二軒のあいだをすり抜けると、その先に背の高い生垣に囲まれたイギリス式庭園が広がっていた。トリスタンは茂みに身を潜め、家の裏側の窓を確かめた。やはりブラインドが下りている。一階に腰窓があって、その下に藤の木が植わっている。しめた。トリスタンは藤の副木に使われている金属の細い棒を引き抜いた。それを窓と窓枠のあいだに差しこみ、内側の掛け金を持ち上げる。そして、そっと窓を開けると、窓枠を跨いで室内に侵入した。

どうやら住人は、かなり前から留守にしているらしかった。家具の上にうっすら埃が溜まっている。トリスタンはキッチンを抜けてリビングルームに入り、写真が飾られた壁に近づいた。ジェームス・ハドラーと思しき男がそこに写っている。年齢はさまざまだ。マドリードのレティーロ公園やウィーンの有名なレストランで撮ったもの……。ジェームス・ハドラーはどこにいてもその場にしっくり馴染んでいて、現地人のように見える。実は高い適応能力を隠しもっているのかもしれない。その一方で、ロシア時代の写真は一枚も確認できなかった。トリスタンは二枚の写真を外し、場所を入れ替えた。用心深い人間なら、帰宅するなりすぐに異変に気づき、何らかの動きを見せるはず。それこそこちらの思う壺だ。獲物を泳がせて、追跡し、その心を読む。

二階の寝室にはとりたてて注目すべきものはなかった。ただ一点、ワードローブに女ものの服がないことを除いては。つまり、ハドラーは未婚か、少なくとも今は独身ということだ。続いて書斎に入ると、ライティングデスクの引き出しが開いたままになっていた。引き出しの中身はほとんどが役所関係の書類か請求書か手紙の束で、手紙は差出人別に丁寧に分類されている。トリスタンはそれらの名前を一つ一つ書き留めた。帰ったらすぐに伯父の『フーズ・フー』で調べてみるつもりだった。ジェームス・ハドラーが身を置く世界がはっきりとしてくるはずだ。

次にトリスタンは手紙の束から何通か抜き取り、読んでみた。しかし、すぐに読んでもしかたないことに気づいた。大半が両親との他愛もないやり取りばかりだった。胸に疑念が生じはじめた。カタコンベで死ぬ間際、グルジエフは適当な名前を口走ったのではないだろうか？　自分を攪乱するために？

だが、それ以上考えている余裕はなかった。階下でドアが開く音がして、人声が聞こえてきた。トリスタンは廊下に出た。女性が何か話している。トリスタンは階段の途中までそっと下りて、耳を澄ました。複数の人間がいるようだが、話を進めているのは最初に聞いた女性の声だ。

「お話ししましたように、キッチンから庭を見渡すことができます。とても明るいですよ。ブラインドを上げますわね……」

「手伝いましょうか？」男性の声が尋ねた。

「ありがとうございます。ブラインドも長いこと下ろしたままだったものですから。所有者が亡くなってからずっと」

　その瞬間、トリスタンはすべてを悟った。家具の上に積もった埃、わずかな乱れもない寝室のベッド……ジェームス・ハドラーは永遠に戻れぬ場所へ旅立っていたのだ。唯一の手がかりとなる人物はもうこの世に存在しない。

　トリスタンは書斎に戻り、窓を開けた。ここからでは高すぎる。飛び降りるのは無理だ。この家から出るには、見学客が部屋を一つ一つ見て回り、階段を下り、玄関から出ていくのを待つほかない。階下では女性が説明を続けている。

「そうですわね、リビングは改装なさったほうがよろしいかと……」

　何か見落としていることはないだろうか。トリスタンは最後にもう一度書斎を見て回った。書棚にはロシア関連の書籍が何冊かあったが、書きこみなどはなく、ページの角も折られていない。あとは経済書や乗馬雑誌ばかりだった。残るはガラスの飾り棚だ。部屋に入ったとき、真っ先に目についたものだ。棚は三段しかない。一番上にはドン・キホーテの人形《フィギュリン》、二段目には陶器パイプのコレクションが飾られている。おそらくオーストリアから持ち帰ったものだろう。三段目の棚には色鮮やかなマトリョーシカが並んでいる。トリスタンはそれを一つずつ開けてみた。すべて空だ。

何か釈然としない。オックスフォードを出て世界を股にかけてきた外交官が、こんな陳腐な土産物の類をわざわざ書斎に飾ったりするだろうか？

階段のほうから声がした。

「次に二階の寝室をご覧いただきましょう」

トリスタンは急いでパイプを一つ一つ裏返して確かめた。何もなかった。もう時間がない。早く退散しないと……。最後にフィギュリンが残っている。

「こちらが主寝室です。壁紙は気になさらないでください……」

ドン・キホーテ、永遠に理想を追求する精神……ひょっとしてひょっとすると……。トリスタンはフィギュリンを傾けた。するとその後ろに、円錐の上に細い長方形の石が乗った物体が隠れていた。大きさは煙草の箱ほどもない。何も考えず、トリスタンはそれをポケットにしまった。

「こちらは客用の寝室です。特にバスルームがすばらしいんですよ！」

トリスタンは足音を忍ばせて階段を下りると、玄関を走り抜け、通りに出た。太陽の光が眩しい。まず左に行って、次の角を右だ。それから……頭の中にロンドン市内の地図を次々と展開させる。自分の家まであともう少しだ。

ブルームズベリー地区に入ると、トリスタンは心の底からほっとした。今回の任務では、ずっと気の抜けない状態が続いている。それもこれまでに経験したことのないような緊張感で、挟み撃ちに遭っているような気がした。エリカの告発をかろうじて逃れ、マローリーのすぐ近くまで戻ってこられたものの、実は、どちらの存在も同じくらい恐ろしい。だから、マローリーにも自分がロンドンにいるということ以外知らせていない。ドイツ側にはいつ自分の正体がばれるとも知れない。イギリスにとっては、自分は知りすぎた存在だ。言うなれば、ペストに罹るかコレラに罹るか、ぎりぎりのところで生きているようなものだ。

ゴードン・スクエアまで来れば、二六番のファサードがもうすぐ見えてくる。建物の中に入ってしまえばもうこっちのものだ……。家の前の鉄柵に近づいたとき、バタンと車のドアが閉まる音がした。

「ハロー、フランス人！」

目の前に若い男女が立ちはだかった。二人ともからかうようにこちらを見ている。

「ゲーレンさんが俺らを寄こしたんだ。あんたに忘れられちまうのを心配しているぜ」

「あなたがたは？」

女が近寄ってきた。

「あたしたち？　あんたの守護天使だよ」

三一

ロンドン
ケンジントン
S局本部

渋滞する大通りから、クラクションの大合唱に交じって消防車のサイレンが聞こえてくる。デスクで夜を明かしたマローリーは、火事の場所を確かめようと窓から身を乗り出した。しかし、見る限り、近所ではないようだ。戦争が始まってからというもの、ロンドンの通りが奏でる不協和音を聞くことがマローリーのひそかな喜びとなっていた。大なり小なり厄介事に煩わされながら毎日が過ぎていくが、それはそれで自分が生きていることの証だろう。

マローリーがデスクに戻って腰掛けるのをクロウリーはじっと観察していた。ボスが不安を表に出さず、平静を装っていることくらいお見通しである。ロールの行方がわからなくなってから一晩経っているが、いまだに何の情報も入ってこない。

「お嬢ならまだ生きているぞ」クロウリーが言った。「タロットで占ってみた。ロールのカードは大アルカナの十七番、〈星〉だ。破壊を意味する〈塔〉に加え、〈戦車〉のカードが出た。つまり、ロールは危険を冒している」

「ほう、そうですか……。ならば、ついでに一つ、彼女がどこにいるのか占ってもらえませんかね？」

マローリーの口調は冷ややかだった。感情を殺した目でクロウリーをじっと見つめている。

「おたくは便秘だな。健康に悪いぞ」

「これはまた妙ちきりんな診断ですな、クロウリー先生。消化器官には何の問題もないはずなんだが」

「便秘というのは、心の便秘のことだ。おたくは心配事を心の奥の奥に押しこんでいる。そうすることで判断力が高まるものと思いこんで。だが、それは間違いのもと。その不安はおたくの意識の中に侵入していく。おいしそうに熟れた桃の果肉をかじる虫のようにね」

「今度は心理学者か？」マローリーが苛立ったように言う。

「ウィーンで、フロイト教授から感情の抑圧についていろいろと学んだのだ。ちなみに、向こうもわたしの本を読んでいてね。どうも、わたしが説いたセックスの重要性についての理論を剽窃《ひょうせつ》したふしがあるんだが。まあ、それは置いといて……わたしが言おうとしたのは、おたくがお嬢のことで気を揉んでいるということだ」

「上官として当然だろう」

「いや、そうかな？　おたくはあのフランス娘にえらくご執心のようだからなあ」

　マローリーにとっては聞き捨てならないセリフだった。講釈ばかり垂れている太鼓腹の悪名高き変態魔術師にはさすがに堪忍袋の緒が切れた。

「おい、いい気になるなよ。人のことを言えた義理か。そちらこそ、色狂いの老人ではないか！」

　さんざんな言われようでも、クロウリーは反撃しなかった。必要とあらば右から左へ流すこともできる。それがクローリーなりの処世術、世渡りの秘訣でもあるのだ。

「こちらの言い方がまずかった。おたくはあの娘の父親代わりのようなものだ。にもかかわらず、地獄の火《ヘルファイア》クラブまでわたしと行くように命じた。よって、おたくの罪は十倍重い」

「つまらんご託はもう結構。それでロールの居どころがわかるわけでもない！」

「地獄の火《ヘルファイア》クラブに人をやったらいい。あそこはわたしの庭みたいなものだから……」

「それはいかん！　わたしが裏で糸を引いていることがモイラにばれたらまずい。ドイツ側にもすぐに情報が伝わり、あの女は組織から切られる。エージェント一人を救出するために攪乱作戦をふいにするなど、上官が許すはずがない」

「では、お嬢を見放すのか？」

　二人のあいだに長い沈黙が流れた。

「きっと何か別の方法があるはずだ」マローリーが呟く。「たとえば、モイラを何かしらの口実をもうけて店の外に誘い出し、取引をする。店に帰すときも、ドイツ側に悟られないようにする」

「あの女が取引に応じるわけがない」クロウリーは首を横に振った。「あいつはイギリスを毛嫌いしているからな。おたくらと手を組むくらいなら、悪魔に魂を売ることを選ぶだろう。まあ、すでに実行済みだがね……」

「ロールを救出するためなら、どんなあくどい手でも使うさ」

デスクに置かれた電話の赤い着信ランプが点滅した。マローリーが受話器を取ってスピーカーボタンを押すと、秘書の細い声が室内に響いた。

「司令官、SOE本部から緊急のお電話です」

「ロールが見つかったか？　無事なのか？」心配のあまり、マローリーは大声を上げた。

「いえ、別のエージェントの件だそうです」

「回してくれ」

雑音に続いてカチッと聞き慣れた音がスピーカーから聞こえてくる。諜報機関のエージェントたちの通信を処理している、ウォルサムストウにある電話交換局が電話を繋ぐ音だ。

「マローリー司令官、こちらF局司令官のドレイモアです。そちらのエージェントよりメッセージが届いています。コードナンバー007」

マローリーは弾かれたように立ち上がった。

「なに？　もう一度お願いします」

「007です。パリの通信員を通して伝えてきました。《別の人物になりすまし、ロンドンに潜伏中。探索を続ける》。以上です」

「それだけですか？」

「ええ。ではこれで失礼。会議中ですので」

マローリーは、驚いた表情で見つめるクロウリーの前で受話器を置いた。

「トリスタン・マルカスがロンドン入りした。四番目のレリックを探しに……マルカスを見つけ出さなければ。なんとしても」

マローリーが配下に次々と指示を与える一方、クロウリーは拳を握った両手に肉づきのよい顎を乗せたままで呟いた。

「まさにネコだ……狡猾で陰険で残酷な大ネコが、餌食となる小さなネズミたちをからかっておるわ」

「は？」

「いつも思うのだ。運命が人間を翻弄するさまは、ちょうどネコがネズミを弄ぶのとよく似ている。お嬢が消えたとたんにマルカスが現れるとはな」

ロンドン

丸々と太った灰色のネズミは先ほどからじっとしたまま、動こうとしない。ロープのようなその尻尾がテーブルの上でのたうっていなければ、死んでいると思ってしまいそうだ。小さな黒いドロップのような目が瞬きもせずにこちらを見つめている。こんな間近でネズミを見るのははじめてだった。毛並みの流れや微妙な色合いから膨らんだ首、湿り気を帯びたはち切れんばかりの脇腹までがはっきりとわかる。開戦以来ロンドンの地下で急激に繁殖を続ける仲間たちと変わらず、目の前のネズミは配給食による栄養失調とはまったく縁がないらしい。

ネズミは拘束されたロールの足の上からテーブルに飛び移り、ロールと対峙していた。あたかもコンラッドたちのあとを引き継いで、尋問役を言いつかったかのように……。最初にネズミがドアの隙間から現れたとき、ロールはとっさに身を固くした。ネズミは地下室を隅々まで嗅ぎ回ったあげくにこちらの存在に気づくと、進んでは止まりを繰り返しながら近づいてきた。ロールが悲鳴を上げると、ネズミはしばらく距離を置いていたが、やがて大胆にもテーブルの上に乗るという行動に及んだ。

はじめは嫌悪感しかなかったが、この動物がだんだんと逆境をともにする仲間のように思えてきた。そこで親しみを込めてトミーと呼ぶことにした。ロールはネズミをじっと見つめ、拷問者たちが明かりをつけたまま出ていったことを天に感謝した。しかし、天井よりぶら下がっている電球からは、いつ寿命を迎えてもおかしくなさそうな不安を煽る音がする。

「トミー、おまえはわたしを痛い目に遭わせないでくれるわよね？」ロールはネズミに語りかけた。「わたしたち、コンビを組みましょうよ。あの連中のご機嫌をとるために、おまえが後ろ脚で立って曲芸を覚えてくれたらいいのにね」

手の痛みさえなければ、笑っていたところかもしれない。三本の指先はすでに血は止まっていたが、腫れ上がり化膿しはじめている。焼けるような痛みを呼び覚ますのを恐れ、ロールは極力指を動かさないようにした。

ネズミはロールのすぐ近くまで来ると、まるでこちらの話がわかるかのように尖った鼻先を突き出した。

「トミー、ここだけの話だけど、このまま耐え続けられるか自信がないわ……」

ロールはもう淡い期待は抱かなかった。あの二人組が戻ってくれば、拷問が再開される。今度はハサミで痛めつけられるのかと思うと身の毛がよだった。

「あの二人がどんなケリのつけ方をするかは察しがつく……」

もうあと戻りはできない。こちらの負けはわかっている。生きて帰されることはないだろう。その証拠に、向こうは顔を隠そうともしなかった。こうして次の尋問まで待たせるというのも、向こうの常套手段に違いない。

ロールは痛みを紛らわすように、ネズミをじっと見つめた。

「天の神は、わたしが大義のために身を捧げたことに報いてくださるかしら？　忌々しい魔法のスワスティカを見つけるなんて、並大抵のことじゃないんだから……」

ネズミは下を向いた。納得できないといったふうに。

「そうよね……わたしたちは端《はな》から相手にされていなかったんだわ」ロールはまくし立てた。「それどころか、神はこっそりヒトラーに手を貸しているんじゃないかとさえ思う。たぶん〝選民〟の対象を変えたのよ。ナチスのことをすばらしいと思っているに違いないわ。なんせ彼らには壮大な千年王国の構想があるからね。優秀なるアーリア人だけに約束された楽園なんですって……」

ロールは、カタリ派の信仰を支持していた父に思いを馳せた。きっと父は正しかったのだ。異端視されたカタリ派の信徒たちは確信していた。現世は堕落した残虐な神が司っているのだと。その神は何千年にもわたり、戦争、疫病、飢饉、強姦、残酷非道な拷問によって信者を苦しめては楽しんでいるのだと。真の神は、己の生涯を全うした信者たち――〈完徳者《かんとくしゃ》〉のみを天国に迎え入れるのだ。

しかし、ロールはカタリ派ではない。ましてやキリスト教徒でもなかった。ロールにとっては天国も地獄もない。ただ永遠の虚無の中に忘れ去られるだけなのだ。

「ねえ、トミー、人生の最期の話し相手がドブネズミのあなたになるなんて、思いも寄らなかったわ。こんな場所で死ぬこともね。一人ぼっちで、わたしのために泣いてくれる人もいない。まだ二十五歳なのに……」

次々と苦い思いが渦巻いた。

自分を愛してくれる人と出会うこともない。子どもを授かることもできない。苦しみと死の抱擁が待ち受けているだけだ。自然と涙が溢れ出す。

ロールは左上の奥歯を舌でなぞってみた。その部分だけが膨らんでいる。《ものの二分とかからない》――青酸カリのカプセルを砕いてから、この世を去るまでの時間だ。SOEの教官からそう教わった。カプセルは一度噛んだくらいでは壊れない仕掛けになっている。食事中にうっかり破損してしまうことのないように設計されているのだ。カプセルを壊すには何回か強く噛みつぶす必要がある。かなり強い力が要る。だが、噛み砕いてしまえば、たちまち青酸カリが体内に流れこみ、すみやかに死へと導いてくれるのだ……。

不意にバチンと電球が音を立てたかと思うと、地下室は暗闇に閉ざされた。ドアの下から細く光が漏れている。

「トミー、暗闇の中でわたしの体によじ登ろうなんて考えないでね」

ロールは大きく深呼吸した。よし、覚悟を決めた。

二人組が戻ってきたら、姿勢を正し、決然と立ち向かおう。何一つ情報は渡さない。連中に差し出すものはただ一つ……わたしの死だ。

三三

ロンドン
ブルームズベリー地区

トリスタンが家に入ると、二人の男女も勝手に上がりこんできた。この不遜で挑発的な二人組がどうしてアプヴェーアに採用されたのか、トリスタンは首を傾げずにはいられなかった。ドイツ人とイギリス人のカップルらしいが、アーリア人の世界を創生するためには猫の手も借りたいというところか。

「あたしたち、あんたのミッションを助けるように言われたんだけど」若い女が口を開く。髪が短いせいで、顔中に散ったそばかすがやけに目立つ。

「名前は？」

「あたしはスーザン。で、キッチンで飲み物を漁っている彼がコンラッド」

「ミッションの何を知っているんだ？」

スーザンがローテーブルに両足を乗せた。

「あんたのミッションは、ベルリンのお偉いさんが興味を持っているブツを探すこと。それで、あんたが変な気を起こさないよう、あたしたちがついているってわけ」

薬物でも使用しているのではないかと、トリスタンは訝った。ドイツ国内で噂を聞いたことがある。任務に就くパイロットや前線で戦う兵士に合成薬物を投与しているそうだ。しかも、アーネンエルべまでそれらの研究に荷担しているという。中世の魔女たちが使用した悪魔の薬草が多くの研究員を惹きつけているらしい。

「どういうことかな？」

「簡単さ」コンラッドは座りながらため息をついた。「あんたはミッションを遂行する。俺たちがあんたを監視する。ゲーレンさんはあんたを信用しちゃいない。当然だよな。あんたはフランス人、〈ウンターメンシュ〉だからさ」

「人間以下ってこと」スーザンが通訳した。

「そのくらいは知っている」トリスタンは答えた。「だが、見る限り、その言葉はきみたちに当てはまりそうだ」

コンラッドがかっとなって立ち上がった。

「俺たち相手に利口ぶるなよ。言葉、動作、怪しい点が一つでもあれば……」

「先に死ぬのは君だ」トリスタンは締めくくった。

スーザンが止めに入る。

「そのへんにしときな、コンラッド！　ミッションに集中して。それと、フランス人、そっちが気づかなくても、こっちは影法師よりしつこくあんたを付け回すからね」

そう捨て台詞を吐き、二人はドアに向かった。トリスタンがポケットの中身をテーブルの上に置くと、不意にコンラッドが立ち止まった。

「フランス人であるばかりか、泥棒だったとはな」

コンラッドはトリスタンがハドラー宅から持ち出したものを指さした。

「〈シュリセル・デル・エンゲル〉なんて持っているのか?」

「〈天使の鍵〉」スーザンが通訳した。「宗教的なものなんじゃない? コンラッドの話なら信用できるよ。あたしと会う前は、神学校に入るつもりだったんだから」

「何に使うものかな?」トリスタンは尋ねた。

「聖骨箱の鍵さ。聖骨箱は聖人の遺体を納めたガラスの墓で、骨の一部が納まっていることもあれば、全身の場合もある」

コンラッドは長方形の石の片側を指さした。小さな穴がいくつもあいている。

「これはでたらめにあいているわけじゃない。専用の錠の突起部分と合うようにできている。全部ぴたりと嵌まれば、あとは回転させるだけで墓が開く。こいつをどこで手に入れた?」

「家の鍵束と一緒にあった」

コンラッドは肩をすくめた。すでに気持ちはよそに向いてしまっているようだ。コンラッドはスーザンに合図した。

「さあ、行こうぜ。マニキュアの続きがあるからな」

戸口でスーザンが振り向いた。

「肝に銘じておきなよ。どこに行こうと、あんたは見張られているんだからね」


不思議にもスーザンとコンラッドの脅しは気にならなかった。そんなことより、自分たちには罰が当たらないと思いこんでいそうな点に不安を覚える。二人の振る舞いは狂犬そのものだった。アプヴェーアの地下組織を一網打尽にしたいイギリスの諜報機関からすでに目をつけられている可能性が高い。もしそうなら、アダムの名を騙る自分の存在も、予想以上に早く気づかれてしまうだろう。このままずっとゴードン・スクエアの家に留まるのは危険だ。早く別の隠れ家を見つけなければならない。だが、まずはこの〈天使の鍵〉の謎を解き明かすことが先決である。ハドラーがスワスティカを聖骨箱の中に隠した可能性があるということだろうか？　大学で美術を学んでいたときに、レプリカを見たことがある。黄金と宝石で豪華な装飾を施された小型の家のような形で、正面のガラスを通して骨片が見えていた。中世には、このような聖遺物がある教会や修道院にヨーロッパ中から巡礼者たちが押し寄せたのだ。あるいはそれはコンラッドが話していたようなガラスの棺で、多くの信者から崇拝される聖人の遺体が納められていたのかもしれない。

トリスタンは図書室でありったけの美術書を調べてみたが、イギリス国内の聖堂や教会には聖骨箱や聖遺物箱が見当たらない。そこではたと気づいた。そもそもイギリスは、宗教改革によって聖人崇拝を拒絶するプロテスタントに改宗していたではないか。その結果、聖遺物箱の類はすべて破壊、あるいは溶解されてしまっていたのだ。トリスタンのたどっていた道は、再びぷつりと途絶えてしまった。

実際に見つかるかどうかもわからないまま探索を続け、ときには誰のため、何のためにこうしているのかわからなくなってしまうことがある。さらには誰を愛しているのかも。エリカには戸惑うばかりだ。彼女の中には二人のエリカが存在しているかのようだった。トリスタンの心を鷲摑みにしてしまうエリカと、祖国と使命に身を捧げ、つれなく振る舞うエリカ――。いったいどちらが本当のエリカなのだろうか？

トリスタンは、他人になりきり、自分の感情を忘れることで修羅場をくぐり抜けていけると考えていた。今ではレリックの探索も単独でおこない、競争する相手もいない。そんな自分が地の果てまで聖杯の探求に向かうアーサー王伝説の騎士のように思えてくることもある。とはいえ、騎士ほど純真な心は持ちあわせていない。それに、上官たちにしても高潔なアーサー王にはほど遠い。マローリーは違うかもしれないが、上層部は非情だ。最後のレリックを探し当てた暁には、上層部はどんな判断を下すだろうか。ヒムラーに正体がばれることになっても、トリスタンにレリックを奪わせるか？　それとも、レリックをドイツに持ち帰らせて、引き続きヒムラーの身辺を探らせるか？　摩訶不思議な力を秘めたレリックと、親衛隊長官を探るスパイと、どちらが利用価値が高いだろう？

いずれにしても、自分に勝ち目はない。四つ目のレリックがイギリスの手に渡れば、自分はもう用済みだ。仮にドイツに戻ったとしても、留まるところを知らないナチスの偏執的妄想に呑みこまれるのがオチだ。実際、根本的な解決策はたった一つしかなかった。これはスワスティカを独占し、そのまま姿をくらますことだ。戦争が永久に続くことはない。平和が訪れたら、交渉次第で新しい生活を手に入れることもできるだろう。今度こそ平凡で幸せな生活を。

トリスタンは地図を探しに行った。どこへ行こう？　小さな町を思い描く。数世紀を経た城壁に囲まれ、教会の鐘が時を告げ、アーケードが強い日差しから守ってくれる……。そこにはエリカがいて……どんな暮らしになるだろう……。エリカは人が変わったように穏やかで……。

次々とイメージを重ねていくうちに、おぼろな記憶が呼び覚まされた。どこかの町の記憶だが、はて、これはどこの町だったか……。

不意に記憶が鮮明になった。

この町は……とても馴染みのある町で、かつて暮らしていたことがある。そう、あれは一九四〇年の秋のこと。バルセロナが陥落し、避難してきたカタルーニャ地方の田舎町、カステリョー・ダンプリアス。ファン・ラビオという男の死体から身分証を失敬し、町の博物館の学芸員に収まった。そして、そこでルシアに出会ったのだ。

〝博物館〟——その言葉にトリスタンははっとした。今の夢想はすべて自分をこの言葉へと導くためのものではなかったか。聖骨箱を探すにあたり、先ほどまでは教会か修道院という二つの場所しか頭になかった。だが、この手のものが有為転変《ういてんぺん》の歴史をくぐり抜けて現在に至るとすれば、博物館にあると考えて然るべきだろう。

自分はついている。いや、これは運命かもしれない。

トリスタンは再び書架の本を漁った。最初に見つけたのはトマス・ベケットの聖骨箱だった。中世の大司教で、イングランド王の命によりミサの最中に暗殺された人物である。ベケットはローマ教皇により列聖された。聖骨箱は現在ケンジントンのヴィクトリア・アンド・アルバート博物館にあるらしい。ハドラーの家からも近い。スワスティカがこの聖骨箱に隠されているとしたら、ハドラーは自分の手が届くところに安置してスワスティカを守っていたということか。しかし、その考えはいかにも短絡的すぎる。どうやって厳重な監視のもとに保護された博物館の収蔵品の中にスワスティカを隠せたのか、という問題に答えられていないからだ。

残る聖骨箱はあと一つ、大英博物館にあった。キリストの荊冠《けいかん》の一部とされる棘が納められている。キリストの荊冠は聖王ルイ九世がパリに建立したサント・シャペルに納められていたものだ。数世紀にわたり、フランスの国王たちは外交関係を強化するための政治的な道具としてこの荊冠を利用してきた。つまり、各方面の要人らに荊冠の棘を贈呈したのである。大英博物館が所蔵する聖骨箱は一三九〇年、時の最有力貴族の一人、フランス王国の領主ベリー公ジャンのために製作された。その後シャルル五世を経てオーストリア皇帝の手に渡るが、一八六〇年に信じがたい詐欺の被害に遭い、いったん表舞台から姿を消すことになる。なんと聖骨箱の修復を担当した金細工師がレプリカを作って返却し、本物のほうはロスチャイルド家に売ってしまったのだ。そして、ロスチャイルド家は一八九八年にそれを大英博物館に寄贈したという。トリスタンは頭がクラクラしそうになった。この聖骨箱は、何世紀にもわたってヨーロッパの主だった名家を虜にし、次々と所有者を変えていったのだ。

スワスティカを隠す場所として、まさにこの聖骨箱は理想的に思われる。ただ一つ、問題はハドラーとの繋がりが見えないことだ。聖骨箱がレプリカとすり替えられたウィーンには、ハドラーも外交官として駐在していたことがあるが、年代がまったく合わない。トリスタンは、今度は力抜けすることもなく、むしろ苛立ちを覚えた。答えになかなか近づけず、その周囲をぐるぐる回っているような、そんな感覚だ。

トリスタンは再び書棚に戻り、大英博物館に関する書物を探した。収蔵品目録に加え、伯父は展示会のカタログもたくさん集めていた。そのうちの一冊は中世の美術を特集したもので、〈キリストの荊冠の聖骨箱〉に二ページが割かれている。注意深く読み進めていくと、聖骨箱は一九一九年に修復されていることがわかった。修復費用はかなり高額となったらしく、多くの支援者からの寄付に頼らざるを得なかったようだ。感謝の印として寄付者名の一覧が記載されている。Hの頭文字の欄に目を通したとき、トリスタンは思わず声を上げた。ジェームス・ハドラーの名があったのだ。

一気に視界が開けたような気がした。これですべてのピースがぴたりと嵌まった。聖骨箱を開けるための〈天使の鍵〉、大英博物館に収蔵された聖骨箱、その修復の際に寄付をしたハドラー……。ハドラーと聖骨箱が繋がったのだ。

疑いを差し挟む余地はない。今、迷宮の出口が見つかった。最後のスワスティカがどこにあるのか、これではっきりした。

戦時下のヨーロッパを駆けめぐったレリックの探索は、大詰めを迎えようとしていた。

レリックはすぐそこにある。

やるべきことはあと一つ……。

大英博物館に盗みに入るだけだ。

三四

モスクワ　クレムリン

人民の〝小父さん〟の執務室に続く前室のホールに、テンポのよいブーツの足音が響き渡る。見張りに立つ赤軍の大尉と軍曹の二人は、近づいてくるNKVD(注3)の将校を冷ややかな目で見守った。広大なホールには大理石と金箔がふんだんにあしらわれていたが、NKVDの将校――エフゲニー・ベリンは目もくれようとしない。クレムリンの絢爛豪華な内装にはずいぶん前から感興を覚えなくなっている。なにしろ週に一回、もう何年も同じ道を通っているのだ。ルビャンカのNKVD本部からかつてツァーリが暮らした宮殿までは車でほんの十分ほど、車から降りて数百歩の距離だった。

大尉はすかさず気をつけの姿勢をとると、敬礼した。

「こんにちは、ベリン大佐。取り次いでまいりますので、少々お待ちください」

大尉の姿が黒いオーク材の重厚な扉の向こうに消えると、エフゲニーは黙ったまま、茶色い革の長椅子に鞄を置いた。そして、立ったまま、壁に掛けられた巨大な絵を眺めた。

目にも鮮やかな色彩が施されたその絵は、前回来たときにはなかったものだ。鎧をつけた騎士が漆黒の軍馬の上で光に包まれた剣を振りかざしている。その足もとでは、黒い十字のついた血染めの白いマントをまとった男たちが勝者に許しを請うている。

言うまでもない。ロシア人なら誰しも知っている、ノヴゴロドのアレクサンドル・ネフスキー公の勇ましい武勲が描かれたものだ。アレクサンドル公はロシアに侵攻したドイツのチュートン騎士団を打ち負かした十三世紀の英雄だ。戦前、スターリンは聖なる戦士の威光にあやかろうと、この伝説的な英雄の功績を称える映画を作らせている。そのタイトルも『アレクサンドル・ネフスキー』である。

エフゲニーは絵に歩み寄ると、高貴な戦士の顔を見て皮肉な笑みを漏らした。

「こいつは驚いたな……。そこまでするか、おべっか使いどもが」

勇猛な中世ロシアの英雄のその顔は、あきれるくらいスターリンに似せてある。灰色の豊かな髪は後ろへ撫でつけられ、中央が盛り上がっている。高く秀でた四角い額、残忍で悪意に満ちた細い目……まさにうり二つだ。さすがに画家は、クレムリンの主の口髭まで騎士につけてしまうような時代錯誤な愚行には及んでいないが。

エフゲニーは煙草に火を点け、この下品で仰々しい絵が選ばれたいきさつについて思いをめぐらした。おそらく政治局《ポリトブロ》の高官に群がる宣伝画家の一人が描いたものだろう。NKVDナンバー・スリーのエフゲニーにはわかっていた。ソ連の最高指導者は個人崇拝がいつまでも続くものではないことを知っているのだ。スターリンはこれまで出会った誰よりも破廉恥で抜け目のない人間だが、グルジアの農民を凌ぐ迷信家でもある。きっと祖国に襲いかかった災厄を祓うため、ロシア正教会で列聖された勇者の霊魂に加護を求めたに違いない。

アレクサンドル公の面前で、エフゲニーはゆっくりと煙を吐き出した。貴族であれ、共産主義者であれ、民衆は専制君主や独裁者を崇拝する――それが、三十五年に及ぶ革命がたどり着いた結論である。結局、ツァーリが退いても、また別のツァーリが頂点に君臨したではないか。スターリンは恐怖政治を敷いている。だが、その一方で、多くのロシア人にもてはやされもしている。民衆はスターリンの中に侵略者に立ち向かう勇者の姿を投影しているのだ。

コーバ(注4)はそれをわかっていて、巧みに演じ分けている。たとえば十月革命の二十周年記念では、筋金入りの共産主義者である自らが帝政時代のツァーリたちへ敬意を表してみせた。はたして目論見どおり、その姿は多くの人々の感動を呼んだのだ。

エフゲニーは絵を見つめながら顔をしかめた。ドイツの大軍を打ち負かすなら、英雄伝や絵に頼っていてもしかたない。最新の報告によれば、戦況は憂慮すべき状態どころか、逼迫している。

たとえモスクワがヒトラーの侵攻を免れたとしても、危機的な状況であることには変わらない。要衝のロストフ・ナ・ドヌが陥落しているのだから……。ロストフ・ナ・ドヌ占領の知らせはソ連全土を揺るがした。南北に延びる前線は、さながら苦悩に満ちた祖国の顔に走る巨大な傷痕である。苛烈さを増す血みどろの攻防戦で四千キロにわたり亀裂の入った国土。北に目を向ければ、レニングラードではすでに一年近く包囲戦が続き、逃げ場のない市民は降り注ぐ八百キロの砲弾の雨と食糧不足によって次々と命を奪われている。ロシア帝国の首都サンクトペテルブルクから革命指導者の都市となったこのレニングラードは、今もなおドイツの装甲部隊の猛攻に抵抗しているが、いつまで持ちこたえられるかは誰にもわからない。中央部ではナチスが獲物をがっちりと摑んで離さない猛禽類のごとく戦線を維持している。さらにその南方、ヴォルガ川の西岸に広がるスターリングラードは新たな標的となっている。この都市の制圧を許せば、ドイツ軍はコーカサスへとなだれ込み、カスピ海の巨大な油田も占拠されてしまうだろう。そうなれば、たとえモスクワが陥落しなくともソヴィエト連邦は一巻の終わりだ。

扉が音もなく開いた。

「お入りください。中でお待ちです」大尉が言った。

「もう間もなく連れが参ります。それまでお待ち願いたいのだが」

「来客名簿にお名前をいただいているかたですか？」大尉が疑わしげな視線を向ける。

「いや。しかしながら、スターリン同志はお会いになるはずだ」

エフゲニーは灰皿で煙草をもみ消すと鞄を摑み、〝赤いツァーリ〟の聖域へ入っていった。広々とした部屋は明るい光に溢れ、壁には扉と同じ美しい木材が使われている。部屋は二つに区切られており、一方には、ドーム型のガラスケースに保存されるレーニンのデスマスクが置かれた大きな机があり、もう一方には会議用の長い長方形のテーブルがある。そして壁には、マルクスとレーニンはもちろんのこと、ナポレオンとの戦いで功績を挙げたクトゥーゾフ、ソコロフ両元帥の肖像画が飾られている。

スターリンは開け放った大きな窓の前に立っていた。そこからはモスクワの街が一望できる。

「おお、エフゲニー同志。ちょうどよかった。今からショーが始まるぞ！」独裁者は振り返ることなく叫んだ。「きみも見るといい」

スターリンは興奮した様子で夕焼けに染まる空に視線を注いでいる。

「〈夜の魔女〉の歌声を聞きたまえ！」

エフゲニーは窓に近づいた。北の空からかすかな唸りが聞こえてくる。突然、銀色の巨大な鳥の群れが夕陽の照り返しも眩しく視界に滑りこんできた。二十機の複葉機が低空飛行で目の前を過る。ポリカールポフPo‐2だ。パイロットの姿も肉眼で捉えられるほど近い。両腕を広げて綱渡りをする人のように、機体をローリングさせている。

爆撃機はモスクワの空を優雅に飛行してみせたのち、沈みゆく夕陽に向かって消えていった。

「熟練したパイロットたちですな、ヨシフ同志。なぜ〈魔女〉などと呼ぶのですか？」

「操縦桿を握っている全員が女性なのだよ、エフゲニー同志」スターリンは窓を閉めながら答えた。「彼女たちは第五八八夜間爆撃連隊の隊員で、わたしに敬意を表しに来てくれたのだよ。ドイツ軍に対して果敢に爆撃をおこない、敵からは〈夜の魔女〉と恐れられている。彼女たちは太陽が沈むのを合図に出撃するのだ。これもまた社会主義が革新的であることを裏付ける一例だよ。女性が軍用機のパイロットを務めるという発想は、同盟のイギリス人やアメリカ人には……」

扉をノックする音がした。スターリンが怒鳴るように応じると、一人の大尉が入ってきて机の上に紙挟みを置いた。スターリンは憮然とした。

「また署名か……まったく毎日毎日書類ばかりだよ」

エフゲニーがちらりと見たところ、紙挟みの中の書類は一通だけだった。スターリンはさっと内容に目を通すと、大尉が差し出したペンを受け取って右下に署名した。

「命令第二七〇号……許可なくして一歩たりとも退却すべからず！」

「とおっしゃいますと？」後ろで扉が閉まる音を聞くと、エフゲニーは尋ねた。

「ロストフが陥落し、何か思いきった策を講じようと考えた。赤軍の規律は緩んでおる。軍の士気を鼓舞するために、一連の措置を命じた。前線部隊の背後に阻止部隊を配置したのだ。彼らの任務は、敵前逃亡した者を射殺すること。この教育的指導を編み出したドイツでは、目を見張る成果が挙がっているのだ」

この人はどこまで容赦ないのだろう。エフゲニーは黙って最高指導者を見つめた。脱走者はいるにせよ、ほとんどの兵士たちはナチスに対し勇猛果敢に戦っている。にもかかわらず、仲間に銃を向けるような真似をさせるとは……。悪魔の所業だ。血も涙もない鋼鉄の男の決定にエフゲニーはとうてい賛同することはできなかった。

スターリンがエフゲニーの肩に手を掛けた。

「ところで、エフゲニー同志、資本主義野郎のチャーチルを迎える前に、わたしの耳に入れておいたほうがいいことがあるのではないかね？」

「はい、調査部がまとめた報告書をお持ちしました。イギリス首相は上機嫌でモスクワ入りするとのこと。敵に立ち向かう赤軍の奮戦ぶりに感銘を受けているようです」

「わたしについては何か言っているかね？　わたしのことも絶賛しておるのかな？」

「首相は同志に一目置いています。もっとも信頼に足る盟友だと。惜しみない賛辞を送っています」

スターリンは大声で笑った。

「まったく口から出任せを言いおって！　トビリシの市場の卑しい織物商人以上だな！　チャーチルはこれまでわたしを屠殺人もどきの暴君のように考えていたのだぞ。あやつの頭の中で、わたしは悪魔とヒトラーのあいだに祀り上げられていたに違いない。だが、歴史の綾とでも言おうか、今やわたしはチャーチルの最高の盟友となった。あの悪党はわたしの手を握り、社会主義国に敬意を表して乾杯せざるを得なくなる」

スターリンはそこでいったん言葉を切ると、その光景を思い浮かべてまんざらでもなさそうに口髭を撫でつけた。それから、声を落として言った。

「冗談はさておき、ロンドンやワシントンにいる諜報員は何と言っておる？　わたしが知りたいのはただ一つ。チャーチルはこちらの要請どおり、同盟国アメリカとともにドイツに対して第二戦線を開くかということだ」

エフゲニーは咳払いをした。

「はい。イギリスはその名も〈トーチ作戦〉という大規模な上陸作戦の準備をしております。アメリカとは首脳会談もおこなっています。さらに、われわれの協力者であるニュージャージー州の造船業の組合長の情報によると、上陸用舟艇《しゅうてい》の注文が大幅に増加しているようです」

スターリンは顔を輝かせた。

「そうか、ついに腰を上げたか！　つまり、フランスに上陸するのだな？　ノルマンディーからか？　それとも、ほかの海岸からか？」

エフゲニーはその件にはなるべく触れまいとしてきたが、もうこれ以上先延ばしにするわけにはいかなくなった。伝えなければならない重要な情報だが、伝えたら伝えたで、凄まじい怒りを呼ぶ恐れがある。

「いえ……目指すのはフランスではなく、北アフリカです。まずはモロッコ、続いてアルジェリアとチュニジアに上陸し、ロンメルとドイツアフリカ軍団を挟み撃ちにする模様です」

とたんにスターリンの顔からすっと笑みが引いた。エフゲニーは身を固くし、怒りの爆発に備えたが、その瞬間は訪れなかった。スターリンは目を細め、口髭をいじくり回していた。

「愚かな」スターリンは小さく呟いた。「腰砕けどもが……。とにかく、なんとしても敵にこれ以上の侵攻を許すわけにはいかん」

エフゲニーは内心ため息をついた。どんなに困難な局面にあっても、スターリンは現実的に振る舞う術を心得ている。

「情報筋によれば、アメリカ側はノルマンディー上陸に賛同しているようですが、イギリスのほうは軍備が整わず、チャーチルが待ったをかけたとのことです」

スターリンは拳で机を叩いた。ガラスケースの中でレーニンのマスクが揺らぐ。

「タヌキおやじめ！　あやつは、わたしが一九三九年にヒトラーと交わした不可侵条約をいまだに根に持っているのだ。ほかにやりようがあったとでもいうかのように……。きみはどう考えるかね？」

「同志のおっしゃるとおりです。チャーチルはわれわれがナチスと同盟関係にあったことが我慢ならないのでしょう。無理もありません。ドイツがフランスに勝利してからは孤軍奮闘を続けてきたわけですから。しかも、イギリス軍にはノルマンディー上陸を企てるほどの兵力がありません。中期的な視点から、フランス上陸が失敗に終われば、われわれはさらなる打撃を受けることになりましょう」

スターリンは手を後ろで組んだまま、窓の前を行ったり来たりしている。

「〈トーチ作戦〉では十分とは言えんな！　その埋め合わせをしてもらわんと」

エフゲニーは新たな文書を差し出した。

「まったくそのとおりです。そこでですが、チャーチルに支援の提供を要請すべくリストを作成してまいりました。ご覧いただけますか」

スターリンはリストを受け取ると、すばやく目を通した。傍《はた》からは機嫌を直したかに見える。

「大砲、トラック、弾薬、軍用機、兵糧か……。向こうが交渉するというなら、こちらはどう対応するべきか？　何より、わたしは〈トーチ作戦〉について知らないことになっておる」

エフゲニーは口を閉ざした。スターリンに助言を求められた将軍が、二日後には銃殺刑送りにされたことは記憶に新しい。クレムリンの主《あるじ》はひどい偏執症《パラノイア》で、誰もが疑いの対象となりうる。それが自分の地位を脅かすかもしれないと思われる人物であればなおさらだ。

「スターリンに代わる者はスターリンをおいてほかにいません」エフゲニーは慎重に答えた。「どうするべきかは誰よりもよくご存じのはず」

スターリンの口もとにうっすらと笑みが浮かんだ。

「本心ではないが賢明な答えだな。それが、きみが長きにわたってわたしのそばにいられた理由か。わたしのもとで働いてどれくらいになる？」

不気味な戦慄がエフゲニーの背筋を走った。これまで、迫害妄想に囚われたスターリンによる数々の粛清の嵐をかいくぐってきた。一九三八年に実施されたＮＫＶＤの大粛清では、一万四千人に上る秘密警察の関係者が処刑され、またそのトップも粛清の対象となった。長官の座が最悪最凶のベリヤに取って代わられたあの粛清でさえも、エフゲニーは切り抜けてきたのだ。だが、風向きなどすぐに変わるものだ。夏の嵐であっという間に小麦が台無しになるのと同じで……。

「来年で二十年になりますが……」

「そこまで忠実で律儀であったか。皇帝ニコライの血みどろの処刑に立ち会った者には、それ相応の期待をしないわけにはいかない。わたしも、革命の偉大なる瞬間をぜひとも目撃したかったよ」

エフゲニーは前室の床の大理石のように冷ややかな表情を崩さなかった。

「コーバ、あの場にいて、わたしが何を感じたかはお察しのことと思います」

スターリンは笑ってエフゲニーの肩に腕を回した。

「うむ、うむ……女、子ども、使用人たちまで惨殺されたからな……。ああ、エフゲニーよ！　気づいていないだろうが、きみは情に脆いところがある。ＮＫＶＤにおけるきみの武勲を知らなければ、ダンサーの世話係としてボリショイ・バレエ団に配置転換しているところだ」

エフゲニーはもう一葉の文書を机の上に置いた。

「ニコライ二世といえば、チャーチルに要求できるものがほかにもあります。こちらをお読みになってください」

スターリンは書面を読み終えると、エフゲニーに返した。その内容に心底驚いている様子だった。

「ツァーリのレリックが発見寸前にあるとは……。この情報はどこから入手したものだ？」

「ご存じのように、われわれの情報網が今もドイツで稼動しています。親衛隊内部にも諜報員を潜入させているのですが、その者が知らせてきたのです」

スターリンは沈みゆく夕陽を眺めた。

「ロマノフ家のレリックはイギリスにあったのか……。長年にわたって探してきたが見つからず、それでも、きみは執念深く探し続けていた」

「わたしがそれをどれほど重要視していたか、おわかりでしょう。レリックが国を救うことになるかもしれないのです。チャーチル首相にその話を持ちかけていただけないでしょうか？」

スターリンは右眉を吊り上げた。困ったときにする仕草だ。

「得策とは思えんがね。なぜ、そんなにレリックが重要なのか？」

「レリックの威力をご説明するために、ある人物を呼びました。ただ今、前室に控えております」

スターリンが答える間もなく、副官が入ってきて踵を打ち鳴らした。

「本日の軍事行動について報告いたします。戦況は極めて悪化しております」

三五

ロンドン
グレート・ラッセル・ストリート
大英博物館

かなりのダメージを受けているとは、予想がついていた。一九四一年五月十日の空襲で大英博物館の片翼は全壊し、残った建物の大半も火災に遭っていた。入口の前には掲示板が掲げられ、甚大な被害を受けたため、現在博物館が公開されていないことを告げている。建物の周囲では、市民防衛隊のメンバーが壁に大きくあいた穴の前で警備に立ち、ボランティアがひっきりなしに瓦礫を運んでいる。爆撃から一年以上が経つというのに、まだ瓦礫の除去が終わっていないことにトリスタンは驚いた。しかし、考えてみれば、これが紛れもない現実なのだ。ドイツ空軍がロンドンのどの地区にも惜しみなく爆弾の雨を降らせたせいで、市内のいたるところで今なお工事がおこなわれていることを忘れてはならない。一瞬、目の前が真っ暗になった。もしも〈キリストの荊冠の聖骨箱〉にまで被害が及んでいたら、最後のスワスティカも破壊され、永遠に失われてしまっているかもしれない……。

トリスタンは激しい怒りを覚えた。自分の人生が空しく消え去ろうとしている気がした。ここに来るまでに何年もかかったのに、ゴールを目前にして今までの苦労がふいになってしまうのか……。自らの死亡通知を目にしたかのように、トリスタンは掲示板の前で茫然と立ち尽くした。通りかかったボランティアが声をかけてくる。

「そこのあなた！　再開を待っているなら、この戦争が終わるまで無理ですよ」

「そんなに被害がひどいのですか？」

「建物の六か所が被弾して、火災も起きたのですから。想像がつくでしょう？　アドルフの糞野郎が爆弾を投下する前に、学芸員たちがコレクションを避難させていたことが、せめてもの救いですよ」

「避難させたということは、どこかに美術品を移したということですか？」

「できる限りはね……でも、七百万もの所蔵品があるわけですから、どれを移してどれを移さなかったかまでは……」

たちまち元気が湧いてきた。まずは、聖骨箱がまだ館内にあるかどうかを確かめることが先決だ。トリスタンは、持っていた観光客向けの館内地図に目を落とした。中世美術の展示室は南西部に位置する建物の一階にある。トリスタンは入口を基点に体の向きを変えると、さっそく〈エドワード七世ギャラリー〉と呼ばれるその建物のそばまで行ってみた。見たところ爆弾の直撃は免れたようだが、巨大なエントランスホールに続く部分の損傷が甚だしい。トリスタンがさらに近づこうとすると、警備していた市民防衛隊のメンバーがすぐにやって来てそれを制した。この区域には警備員の数も多く、かなりピリピリしている。政府が盗難を恐れているに違いない。トリスタンはいったんそこを離れ、大きな穴のあいた壁の前まで退いた。その穴の中から瓦礫で重そうなバケツを持ったボランティアが出てきて、ダンプカーの荷台にバケツの中身を空けている。

しばらくすると、リーダーらしき男が現れて、二度口笛を吹いた。ボランティアたちは持ち場を離れ、煙草に火を点けた。班に分かれて交替制で作業することになっているようだ。パブに向かう集団がいて、トリスタンはそのあとを追った。そして店の窓からこっそり中を覗き、にんまりした。わざわざ訊き出すまでもない。ただ耳を傾けていればいいのだ。有力な情報を手に入れるには、情報が飛び交う場所に身を置くだけでいい。あとは人間の虚栄心に任せておく。それがいつもの攻略法だ。まずは、話を聞いてもらいたがっている人物を特定する。そういう人物は必ず一人はいるものだ。

トリスタンはパブに入ると、ボランティア集団に近づいた。その輪の中で、一人の男がジョッキを片手に熱弁を振るっている。

「それにしても、この作業は一向に終わりが見えねえな。もう何週間も瓦礫の撤去ばっかりやらされてよ。おかしくないか？」

なるほど、悲観論者か。悲観論者は何でも否定的に捉え、うわべだけで反発してみせながら聞き手に共感してもらおうとする。

「みんなも見ただろう？　焼け焦げた本がずいぶんとあったよな。展示ケースはどれも中身が炭化していたじゃないか。それを、展示品は退避させただの、貴重な所蔵品は無事だの言いやがって。でたらめもいいところだ。横のものを縦にもしないで、役人なんて気楽な稼業ときたもんよ！」

「まったく大袈裟だなあ！　おまえだって知っているくせに。被害がひどかったのは図書館以外に、コインやメダルのあった建物だけだ。それ以外はほぼ無傷だろうが！」

反論を受け、悲観論者は勢いよく立ち上がった。すでに顔が真っ赤なところを見ると、きっと朝っぱらからビールをあおり、悲観論を準備してきたのだろう。

「それじゃあ、片翼に俺たちが入れないのはなぜだと思う？　あんなに大勢の市民防衛隊が立ち入りを厳しく取り締まっているのはどうしてだと思う？　俺が思うに、連中は何か隠し事をしているね」

それだけでも十分な収穫だった。博物館内にはまだ貴重な所蔵品が残されている。そこに聖骨箱があるかどうか、監視の目をかいくぐって確かめに行くしかない。

トリスタンはパブを出ると、フィッシュ・アンド・チップスを買って、博物館の向かいのベンチに座った。建物の警備は厳重だが、頻繁に出入りするボランティアに対するチェックはそこまで厳しくはなさそうだ。リーダーたちも、作業班の交代時にいちいち人数を確認してはいないようだ。作業員たちは服も髪も埃で真っ白になっているが、ほとんどが青いつなぎを着ていることもわかった。

トリスタンは立ち上がった。古着屋を見つけることなど造作ない。それから、小麦粉を一ポンド分手に入れて、そいつに土をちょっと混ぜたものを全身にはたけば、変装は完璧なものになるだろう。

夕刻となり、仕事を終えて帰途につく勤め人の流れに、世界中からやって来た兵士たちの集団が続く。ターバンを巻いたインド人、訛りのきついオーストラリア人、屈強なカナダ人志願兵。ピカデリー・サーカスからウェストミンスターにかけては、まさに大英帝国の縮図を見るようだった。聞き慣れない言語が飛び交い、バベルの塔の逸話を連想してしまう。もっとも、この雑多な雰囲気はかえって好都合だった。埃まみれの作業服にもトリスタン自身にも、注意を払う者がいない。

博物館の近くまで戻ってくると、トリスタンは時計をちらりと見た。次の交替まであと三分だ。パブのほうに行くと、ちょうど中から作業班の一団が出てくるところだった。トリスタンはその中の年配の男に目を留めた。ポーランド国旗を縫い取った垢だらけの軍服を着ている。おそらく難民だろう。かなり疲れている様子だ。トリスタンはすかさず男の横についた。博物館の入口には長い階段がある。男は上るのに苦労するだろうから、手を貸してやればいい。入場検査があった場合の有効な通行手形になる。

しかしながら、入口でトリスタンを呼び止める者はいなかった。あっさりと館内に入りこめてしまったことに、トリスタンは戸惑った。いくらなんでも警備が手ぬるい。入場検査をしないことに気を留める者もいないのか……。それはつまり、ボランティアが作業するエリアには展示品がないということだ。一方、市民防衛隊が警備についている南西部には、今なお美術品が収蔵されている。そして、おそらくそこに〈キリストの荊冠の聖骨箱〉もあるはずだ。

爆風によって一部が吹き飛ばされた巨大なガラスドームの下では、作業ごとに班が分かれていた。表では瓦礫の撤去をする作業班しか目にしなかったが、内部では建物の修復も進んでいる。作業員が破損した壁をせっせと直し、溶接工が足場に登ってドームの天辺の金属部分を修理している。

「あなたがたは二階へ」リーダーが指示を出す。「民族誌学の展示室の清掃を終わらせておいてください。来週、業者が屋根を葺き替える予定です」

トリスタンの班は階段へ向かった。よくわからないが、喉を刺激するような臭いが空中に漂っている。トリスタンが咳をすると、横にいた班員が説明してくれた。

「ドーム型の部屋には図書館が収容されていたんです。爆弾が命中し、二十五万冊もの本が焼失しました。壁一面に灰が付着して、それで悪臭がするようになったんですよ」

　トリスタンは、いくつもの部屋の入口が板で塞がれているのを見て驚いた。

「あの先に進入できないようにしているんです。向こう側は全壊しています。あそこから中世のギャラリーに行くのはもう無理です。とても危険なので」

　トリスタンは無関心を装いつつ、情報をしっかりと記憶した。二階に上がると、一行はがらんとした長い展示室の並びに沿って進んでいった。割られたショーケースのガラスが床に散乱し、大急ぎで展示品を避難させたことがうかがえる。トリスタンは班から離れると、放置された展示室の中をうろついた。扉の上のイシスを描いた絵が、ここがエジプトのコレクションの展示室であることを物語っている。しかし、そこには亜麻布の包帯を巻かれたミイラも素焼きの書記像もない。

「おい、きみ！　そんなところで油を売ってないで、こっちに来い！」

　トリスタンは突き当たりの展示室にいたが、通路に出ようとしたとき、部屋の奥に場違いなものがあることに気づいた。なぜか浴槽が放置されている。

　トリスタンはいったん作業現場に戻ったが、しばらくすると、再びその場を抜け出した。自分の勘違いに気づいたのだ。先ほどの展示室で見かけたのは、やはり浴槽などではなかった。側面にびっしりとヒエログリフが刻まれた背の高い灰色の桶だった。故人の肖像を象った木棺を保護するために使用される石の桶――石棺である。トリスタンはそっと近づいた。重たすぎるゆえ、避難させることができなかったに違いない。蓋となる石板がずれて隙間が開いている。トリスタンは石板をさらにずらした。片手で中を探ってみる。続いてもう片方の手も入れると、底はぞっとするほど冷たかった。

トリスタンは身震いした。恐怖からではない。歓喜に震えたのだ。

よし、ここに隠れていればいいのだ。

三六

モスクワ
クレムリン

エフゲニーがスターリンと談議を始めてから二時間が経つ。そのあいだにも戦況は悪化の一途をたどり、前線からの報告を受けたスターリンはかなり気が立っていた。外はだいぶ前から暗くなっている。執務机の前のスターリンの表情をうかがっても、何を考えているのかは読み取れない。長い沈黙が続くなか、エフゲニーはあえて発言を避けていた。終業時刻間際の来客をスターリンがひどく嫌がることは、もちろん承知のうえである。ほとんど迫害妄想に憑りつかれた赤いツァーリの偏執症は募るばかりで、庭師が手塩にかけた春バラのように勢いを増していた。

「エフゲニー同志」スターリンは唸るような声を出した。「今晩の予定に来客はなかったように思うが」

「レリックの本質を知るうえでお会いいただきたい人物です」

スターリンはポキポキと指の関節を鳴らした。

「先月の報告書なら読ませてもらった。ヒトラーとチャーチルがそれぞれ特殊部隊を派遣してレリックを手に入れようとしたこと。それから、ヴェネツィアでは作戦が頓挫したこと。どこから入手した情報かは知らんが」

「先ほども申しましたように、シンパ(注5)の一人を親衛隊に送りこんでいます。その者がヒムラーに近づくことに成功したのです」

「ああ、エフゲニー……すっかりレリックに憑りつかれおって。きみからその話を聞かされて、もう二十年以上か。そう、きみがイパチェフ館で暴君ニコライが死ぬのを見届けたあの記念すべき夜から二十年以上が経つ。その間、きみにはレリックの探索を自由にやらせてきた。それもきみがNKVDの中枢で忠実に任務を遂行しているからだ」

「しくじったことは一度もございません」

「わかっておる。そうでなければ、今ここにきみはいない。ノボシビルスクの共同墓地にいるはずだ。永住権を取得してな」

スターリンは気に障るような笑い方をし、エフゲニーは肩をすくめた。

「コーバ、わたしは粛清の嵐が吹き荒れた二十年を生き延びてまいりました。それは、あなたが目をかけてくださっているからだと思っております」

「不思議だ」スターリンは立ち上がりながら言った。「きみはわたしを恐れていないように見える。きみのような人間は滅多にいない。ベリヤ長官など、わたしが眉を上げただけでヘビに睨まれたカエルのようになるのだがな。きみは驚くほど落ち着いている」
「あなたに対する揺るぎない忠誠心があるからです。わたしはあなたの判断を信頼しております」
「きみは利口な男だ、エフゲニー。だが、そんなへつらいが通用すると思うなよ……。それはさておき、きみのレリックの話だが、知ってのとおり、わたしは合理的でないものは嫌いだ。神学校で学んだおかげで、わたしは愚かな信仰を捨てることができた。わたしが信じるのは、マルクス、電力、そしてＴ-34戦車(注6)のみ。わたしにとっては、これが三種の神器だよ」

　エフゲニーは黙っていた。よくも抜け抜けと嘘をつくものだ。スターリンがずいぶん前から専属の占い師と霊媒師に頼っていることは知っている。ドイツの侵攻が始まった頃より、猜疑心から神経をすり減らすことが多くなり、重要な決定を下す前にはモスクワ郊外のクンツェヴォにある別荘に占い師や霊媒師を招くようになったのだ。ＮＫＶＤの執務室から遠く離れた人気《ひとけ》のない場所で、エフゲニーはスターリンとの面談を終えた霊媒師と落ち合い、直接報告を受けていた。

　前回の面談などは役に立った。スターリンが亡き皇帝から話を聞き出せばレリックが見つかるかもしれないと考えて、交霊をおこなわせたのである。霊媒師は幻覚を伴う深いトランス状態に陥ったのち、動転しつつも確信に満ちた様子でわれに返った。エフゲニーが指示したとおりに演じたのだった。

スターリンはパイプに火を点けた。パイプはダンヒルだ。スターリンが唯一、資本主義の恩恵に甘んじているものである。

「ヒムラーやチャーチルがレリックのことを信じているから、わたしまでその子どもじみた話を鵜呑みにしたというわけではないからな」

「仮にそうだとしたら、あなたは報告書を読まずにゴミ箱に捨てていたはずです」

エフゲニーは笑みを浮かべた。

「同志は飽くなき好奇心をお持ちです。わたしにはわかります。同志はこの話に嘘ではない何かを感じとり、それを看過すべきではないとお考えのはず。ですから、前室で待機している者の話をぜひとも聞いていただきたいのです。彼の名はディミトリ・ラデンコ……ラデンコ教授です。この名にお聞き覚えはありませんか?」

スターリンは答えなかった。その視線はまるで答えを求めるかのように、レーニンのデスマスクに向けられている。脳をフル回転させ、答えを探しているのだ。〈赤いツァーリ〉は驚異的な記憶力の持ち主だった。つい先週も、一九三七年の大粛清時に反革命罪で処刑された、最後の四十名の囚人の名を暗唱し、革命裁判所の判事に恥をかかせたばかりだ。

「うむ……」スターリンは呟いた。「その者には美しい妻がいなかったかな? 『アレクサンドル・ネフスキー』に出演していた、肉感的なブロンドの女優……」

エフゲニーは口もとを緩め、スターリンの記憶の糸が解けていくさまを見守った。

「まさかあの魅力的な奥方をここに連れてきているということはないだろうがね」スターリンは続けた。「ラデンコはきみのもとで働いている男で、毒物を扱う部門を率いていたと思うが？」

「三一部局のことでしょう。教授は軍が使用する生物兵器および化学兵器の開発に携わっています。その過程で、個人を排除するのに有効な薬物も複数発見されています」

「ベリヤ同志から聞いたが、テレパシーの研究やら、あれこれとろくでもないことばかりしているそうではないか。科学的社会主義からすると、あまり感心できん話だがね」

「いえ、ヨシフ同志、それどころか、むしろ科学的な話です。正確には超感覚的知覚というもので、期待以上の成果を得ています。ラデンコ教授はれっきとした実利主義者であり、魔術や超自然現象は科学が研究し、解明すべき分野であると考えているのです」

スターリンは腕を組み、窓際の壁にもたれかかった。

「二年前、ベリヤ同志はテレパシーを使ってヒトラーの思考を探ってみてはどうかと提案してきたことがある。そのときは大笑いしてしまったものだが……。それで、ラデンコがレリックと関係があるというのか？」

「よろしければ、直接本人からお聞きになってはいかがでしょう？」

スターリンが承知したので、エフゲニーは扉を開け、前室の長椅子に座る小男に合図した。男の顔には皺が刻まれ、擦り切れた背広も皺だらけだった。

褐色の髪にあばた面、木製フレームの眼鏡の奥から覗く目。ラデンコ教授は硬い表情を浮かべたまま、おずおずと部屋に入ってきた。こんなうらなり瓢箪《ひょうたん》のような男がどうして美貌の妻を娶《めと》ることができたのか、日頃からエフゲニーは不思議でならなかった。

教授が恭しく頭を下げると、スターリンは冷ややかな視線を浴びせた。

「NKVDの猛毒博士殿直々のお越しとは恐れ多い……。話を聞こう。その代わり十分で済ませるように。情報を提供してくれるそうだな」

「ご説明するのにせめて一時間は必要かと。わたしは……」

「前置きは結構」

スターリンは遮ると、琥珀色の小さなグラスにウォッカを注いだ。

「貴重な時間を無駄にしたぞ。よし、景気づけにうまいズブロッカでもどうだ。さあ、ぐいっと」

エフゲニーが安心するように目で合図を送ると、ラデンコはウォッカを一気にあおり、背筋を伸ばした。

「すべての始まりは一九二三年五月に遡ります。NKVDは現地首長と協定を結ぶべく、チベットに探検隊を派遣しました。イギリス領インドにわれわれの革命思想を広めるための橋頭堡《きょうとうほ》を築くのが狙いです。わたしはその一年前に画家の友人と探検した経験があったことから、隊員に加わりました。しかし、ラマ僧に拘束され、われわれのミッションは失敗に終わりました。彼らはわれわれを悪霊と見なしました。彼らにとって、われわれはさまざまな悪霊のうちの一つだったのです」

「その話なら覚えておる」スターリンが答えた。「そのわけのわからん計画を企てた無能な首謀者は処刑されたはずだ」

「わたしは一年ほど軟禁されていましたが……」ラデンコは構わず話を進めた。「むしろ、待遇はよかったくらいです。わたしが危害を加えないと知るや、彼らは一定範囲での自由行動を許し、図書の閲覧もできるようになりました。数か月にわたり、わたしは訳経僧《やっきょうそう》(注7)の助けを借りながら、聖典を通じてチベット僧の文化や習慣に関する理解を深めました」

スターリンが大袈裟にため息をついた。

「教授、きみの話はつまらんよ。それよりも、きみの奥方の朗読でマヤコフスキーの詩を聞きたいね」

「コーバ、今しばらくのご辛抱を。どうか最後までお聞きください」エフゲニーはその場を取り持った。

教授は羊皮紙の巻物を取り出すと、それを机の上に広げた。龍や怪物の挿絵で区切られた囲みの中に細かい文字がぎっしりと並んでいる。

「これはわたしが持ち帰った写本です。何千年も前にヒマラヤの奥地に築かれたという伝説の都市の存在について書かれたものです。その都市は、〈シャンバラ〉とも〈アガルタ〉とも呼ばれていました。天変地異を生き延びた文明の担い手が築いた都市です。その天変地異とは大洪水を指し、それは恐るべき神秘的な力〈クンダリ〉の濫用によって引き起こされました」

「すばらしい」スターリンは鼻で嗤った。「ヒトラーを葬り去るのに、まさにそのような武器が欲しかったところなのだ。ここにその〈クンダリ〉とやらを持ってきてくれたのか?」

「いいえ……それはその……」ラデンコ教授が消え入りそうな声で言った。

「続けてください、ラデンコ教授」エフゲニーは言った。「最高指導者は冗談をおっしゃったのです」

「言い伝えでは、〈クンダリ〉は、鉱物、植物、動物など、この世界のあらゆるものに宿る驚異的なエネルギーだとされています。ヨーガの実践者がいうところの脊椎に沿って上昇するエネルギーを表す言葉〈クンダリニー〉も、この〈クンダリ〉から派生したものです。〈クンダリ〉は生命と破壊の根源なのです。この写本によれば、〈シャンバラ〉を築いた者たちはスワスティカを象ったものを四つ作り上げ、それぞれにこの普遍的な力の一部を封じこめました」

スターリンは写本の上に身を乗り出し、そこにある巨人の絵を指さした。巨人の体はエメラルドグリーンで、四つの顔と四本の腕を持ち、目は鮮やかなルビー色だ。一方、手首から先は切断され、代わりに炎に包まれたスワスティカが描かれている。

「なんだ、これは？」スターリンが吐き捨てるように言った。「古代のナチ公かね？」

「これは、宇宙のエネルギー、万能、永遠の命をもたらす王神クンダリを表しています。ご覧ください。レリックの分散を象徴するように、スワスティカが王神の腕から切り離されています。訳経僧の話では、伝説によると、そのうちの一つはチベットの洞窟に隠されましたが、残りの三つはそれぞれ別のどこかわからない場所へ持ち出されたということです。一年後に解放されるまでのあいだに、わたしはチベットの毒や薬の処方を教わりました。こちらエフゲニー同志のおかげで、それらの知識が革命の際に役に立ちました」

「きみたちはどこで知り合ったのだ？」

横からエフゲニーが言った。

「チベットに関する講演の際にモスクワで会いました。ラデンコ教授がこのレリックの伝説を披露したとき、すぐに皇帝ニコライのレリックと繋がったのです。わたしは教授を化学兵器・生物兵器開発部門の責任者に迎えました。教授は暇さえあればレリックの存在を示す情報を収集していたのです」

スターリンの目つきが険しくなった。

「その調査のことは初耳だぞ、エフゲニー同志……。まあ、よかろう……。しかし、ヒトラーとチャーチルはどうやってその伝説を知り得たのか？」

「それについてはわかりません」エフゲニーは答えた。「ですが、一九三八年に親衛隊がチベットに遠征し、レリックを手に入れています。また、イギリスがレリックを回収するためにフランス南部とヴェネツィアに特殊部隊を送りこんだという情報もあります」

スターリンは再びレーニンの白いマスクを見つめてから、教授のほうに向きなおった。

「興味深いが、お宝の力については説得力を欠く話だ。今のところ、きみの説明は科学者のそれではなく、東洋のおとぎ話を読みすぎた婆さんと変わらんぞ」

ラデンコは顔を真っ赤にして立ち上がると、両手の拳を机に置いた。

「それらのレリックは魔法でも何でもありません。驚くほど進んだ文明が古代に存在していたと、わたしは確信しております。そう考えているのは、わたし一人ではありません。魔法や妖術ではなく、高度な科学による最先端の技術を駆使していた文明が存在したのです。この文明には社会の階級差や貨幣がなく、一人一人が共同体のために働いていました。戦争も殺人も略奪もありません。そして、全人民の信望を得た優れた指導者が、人民の未来と幸福を見守っていたのです」

そのとたん、スターリンの顔がぱっと明るく輝いた。

「なんと！　それこそわれらが美しき共産主義社会そのものではないか。戦争に邪魔されなければ、わたしが到達し得た世界だ」

エフゲニーは愕然としてスターリンを見つめた。大法螺《おおぼら》もいいところだ。ところが、最高指導者はこれまで以上に勝ち誇った様子を見せている。

一方、教授は胸を張った。

「そのとおりです、同志。数万年前に存在したマルクス・レーニン主義社会です。ローマよりも、エジプトよりも、シュメールよりも昔です！　それゆえ、歴史の流れに革命的な社会主義が登場するのは自然の理《ことわり》であることを世界に示すために、その痕跡を見つけることが重要でした。とりわけ、〈シャンバラ〉のレリックの一つを手に入れ、その優れた技術を学ぶことができれば、われわれは他のすべての国々の先を行くことになるでしょう。最高指導者と人民の幸福のために」

スターリンはパイプを置き、ゆっくりと拍手すると、教授の目を射るように見つめた。

「教授、話はよくわかった。では、きみの誠意を確かめさせてもらおう。いいかね。先ほど勧めたウォッカの中に、きみが処方した毒薬を仕込んでおいた。ベリヤ同志から提供されたものだ。解毒剤はわたしが持っている。さて、改めて聞く。きみが話したことはすべて真実かね？」

教授は青ざめてグラスを凝視した。エフゲニーは取りなそうとしたが、スターリンは手で制した。

「エフゲニー、きみに同じものを勧めなかったのは幸運だったと思え。きみがコソコソ動いていたのは感心できない」

「信用に足る情報が集まり次第、ご報告するつもりでした。無駄にお時間をとらせたくなかったのです」

「無駄かどうかはわたしが判断する。それで、どうなのかね、教授?」

「すべて真実です！　誓います。妻と二人の息子の命を賭けてもいい」

数分間が流れた。ラデンコにとっては永遠に続くかに思われたに違いない。その間スターリンは、今にも膝から崩れそうなラデンコをじっと眺めていた。

「なにとぞ……」

「コーバ！　教授は常に誠実でありました！」

〈赤い皇帝〉はついに教授から視線を外した。

「ツァーリのスワスティカの研究に力を入れたまえ。わたし自身も勉強するとしよう……」

そう言うと、スターリンはウォッカの瓶を摑み、直接口をつけて飲み干した。

「ああ、生き返った気分だ！」

戸惑いと安堵の入り交じった表情を浮かべる教授を前に、スターリンは豪快な笑い声を上げた。

「チャーチルにも同じ手を使ってみるとするか」

三七

ロンドン
グレート・ラッセル・ストリート
大英博物館

辺りはすっかり闇に沈んでいる。石棺の底に横たわり、トリスタンは周囲の物音に耳を澄ました。博物館、それも夜の博物館には独特の空間が広がっている。そこに集うのは、想像によって生み出された幽霊たちだ。今を遡ること何千年か前、この棺の中にはどんな人物が横たえられていたのだろう？　そう考えずにはいられない。こつこつと棺の内面にヒエログリフを刻む石工の手の動き。死者の姿を永遠に保つにあたり、防腐処理を施す職人……。石棺の中が狭いため、トリスタンは古代エジプトのミイラよろしく胸の上で両腕を折りたたんでいた。もし興味に駆られた警備員が棺の中を覗きこんだら、どうなるだろう？　間違いなく卒倒するか、大声を上げて逃げていくだろう。

そんなわけで、だいぶ前から窮屈な姿勢で周囲の様子をうかがっているが、意外にも警備員が巡回する足音がまったく聞こえてこない。館内はひっそりとしていた。展示物の中に人が隠れる可能性について誰も考えなかったのか、あるいは、その可能性を示唆する者がいても、一笑に付されてしまったのか。人の常識の穴を突いて功を奏することは往々にしてあるものだ。

ともあれ、博物館への侵入に成功したはいいが、行く手には最大の難所が待ち構えている。どうやら目指すエリア――中世の展示室――までの経路は通行不能のようだ。〈エドワード七世ギャラリー〉に連絡する棟が崩壊しており、なんとか入りこめたとしても、いつ骨組みの下敷きになるとも知れず、無数の瓦礫の中を進まなければならない。建物全体か地下まで沈下しているらしく、足場も確保できるかどうかわからないのだ。

トリスタンは今一度息を潜め、耳をそばだてた。古い床を軋ませて近づいてくる警備員の足音が聞こえてこないか、全神経を集中させる。しかし、何の物音もしない。

目下の問題は、どのタイミングでこの石棺から抜け出すかだ。状況を見極めるのに十分な時間はかけたか？　警備員の巡回はないと言いきれるのか？　もし一時間後に巡回が始まったら？　あるいは、巡回はしないが、警備員が常駐していたら？　それとも……。例によって答えの出ない問いがあとから引きも切らずに続く。不安の表れだ。最後のスワスティカが目と鼻の先にあるかもしれないと思うと、一気に緊張が高まる。それに耐え、致命的なミスを犯さないようにしなければならない。

いずれにしても、この体勢でこれ以上ここにいるのはもう無理だ。このままでは息が詰まってしまう。トリスタンはそろそろと体を動かしながら上半身を起こした。それから立ち上がって伸びをすると、足音を殺して通りに面した窓に向かった。そっと見下ろすと、外には相変わらず警備員たちがいる。だが、案ずるには及ばないようだ。館内を気にかけている様子は見られない。トランプに興じている者もいれば、寝入っている者もいる。

トリスタンはワクワクしてきた。大人たちの目を逃れてきたティーンエイジャーになった気分とでもいおうか。ヴェネツィアから帰還して以来なくしていた活力やしなやかな心が一気に復活する。世界最大級の博物館の中心で一人、羽を伸ばす自分……。トリスタンは今にも踊りだしたくなった。その瞬間、迷いが吹っ切れた。これはおもしろいゲームになるかもしれない。

トリスタンはエジプトの展示室の前を次々と通り過ぎ、階段まで戻った。すり減った床材が足音を吸収してくれているようだ。館内は依然として物音一つしない。聞こえるのは吹きつける風の音だけだ。外壁に巡らされた工事用ランプがゆらゆらと揺れている。その明かりのおかげで、館内の移動には不自由しない。

踊り場まで下りたところで、階段の先に続く大きなホールが目に入った。仮に警備員が一人だけだとすれば、きっとそこにいるに違いない。トリスタンは手すりの陰に隠れるようにして一段一段慎重に下りていった。ホールの手前まで来たところで、トリスタンは立ち止まった。階段の中央部は赤いカーペットが敷かれ、一段ずつ金色の細長い棒で押さえつけるように留められている。トリスタンは階段の中央に寄ると、棒の先端の飾り釘の一つを外した。火災前は図書館が収容されていたホールも、今ではまさしく工事現場そのものだ。積み重なった金属のパーツ、セメントの袋、砂でいっぱいの手押し車……。トリスタンはペンキ入れに狙いを定め、飾り釘を放り投げた。飾り釘はペンキ入れに命中して跳ね上がり、足場にぶつかってから床面で何度か跳ねた。トリスタンは手すりの陰に身を潜め、しばし待った。

再び静寂が訪れたが、人が来る気配はない。館内はトリスタン一人きりだった。トリスタンはホールまで下りてしまうと、バールとハンマーを拾い、中世の展示室に通じる入口へと急いだ。入口を塞ぐ板は即席で釘付けされたようで、バールの猛攻の前に長くは持ちこたえられなかった。最後にハンマーを振るうと、板は見事に砕け散った。

その先に広がっていたのは、言い尽くせないほど危険をはらんだ、文字どおりの滅茶苦茶な光景だった。梁が崩落し、床にはいくつも大きな穴があいている。トリスタンは見るなり、このエリアになぜ監視がつかないのかを悟った。まったくもって通行不能なのだ。瓦礫のあいだを抜けようとしたところで、陥没した地面や今にも倒れそうな壁の餌食になるのは目に見えている。闇に捕らえられて消え去るか、永遠に押し潰されるかだ。

とはいえ、中世の展示室は、もうあと数十メートルのところにある。薄暗い中でもその入口が確認できたが、その手前には爆弾が落ちてできた穴が大きく口を開けている。目が慣れてくるにつれ、詳細が明らかになってきた。崩れ落ちた梁が、嵐で破壊された船のマストのように入り乱れている。さらによく観察すると、それらの多くが上のほうで接しあっていた。その梁のどれかによじ登ることができれば、森の中を木から木へと渡るような要領で移動できるかもしれない。

トリスタンはホールを振り返ると、アイゼンのような滑り止めになるものがないか探した。だが、工事現場にそんな代物があるはずもなく、工具を手当たり次第引っかき回した末に選び出したのは、ロープと二本の斧だった。

手に入るものでなんとかするしかないだろう。

中世の展示室に向かおうとしたとき、一筋の光が床を照らした。トリスタンは慌てて足場の陰に身を潜め、斧を握ったまま様子をうかがった。光は博物館の玄関口から来ているようだ。床の上をちらちらと光が動いていく。どうやら、誰かがランタンを提げて歩いているらしい。しかし、足音はまったく聞こえてこない。次の瞬間、ぱっと光が消えた。トリスタンは思い切って頭を出し、正面玄関のほうを確認した。入口の大きなガラスドアは閉ざされたままだ。館内に目を戻すと、数メートルほど先の床が再び光に照らされた。だが、今度は布を通したような柔らかい光だ。とっさにトリスタンは足場の金属パイプの裏に隠れた。誰かがホールを通っても、そこなら見つかる可能性は低い。

そのとき、左手の窓が明るく輝いた。

なんと、その窓だけは日除けが下りていなかった。

そうか、そういうことだったのか。トリスタンはすぐに気づけなかった自分に腹が立った。きっと夜警は建物の外側を巡回していて、中の様子は窓から確認しているに違いない。だから、館内には人を置いていないのだ。間もなく窓の光は消えた。断続的に床に柔らかな光が映りこむのは、日除けの下りた窓の外を夜警が通過していくからだろう。

よし、今のうちだ。トリスタンはロープと斧を手にホールの図書館跡を突っ切って、先ほど板を引き剝がした入口の前に立った。そして、ほかの梁と絡むように支えあって立つ一本の梁に目をつけると、それにロープを掛けようとした。だが、ロープを引っかけるのに適した場所がない。こんなところで投げ縄遊びなどしていたら、いつになっても瓦礫の障壁を越えることはできないだろう。トリスタンはいさぎよく諦め、別の可能性を探ることにした。薄暗いなか、苦労しながらもようやく見つけたのが、瓦礫の山に寄りかかっている一際太い梁だった。トリスタンはその足もとに近づいた。梁は十分に幅がある。これを伝って山を登っていけそうだ。しかし、摑まるところがない。そこでトリスタンは一本日の斧をできるだけ高い場所に突き立てると、柄を引き寄せるようにしてよじ登り、二本目の斧をさらに高い場所に突き立てながら上を目指した。数分後には梁の先端に到達し、瓦礫の山頂に飛び移った。さながら壁の名残が漂う海の孤島にいるような気がする。幸いにも通りに面した壁はまだ健在で、外部からの視線を遮ってくれていた。

トリスタンはあと一歩というところまで迫った展示室の入口を見下ろした。爆風で吹き飛んだ扉が宙ぶらりんになっている。蝶番《ちょうつがい》一つでかろうじて壁に引っかかっているような状態だ。展示室に入るには、そいつを踏み切り板代わりに使うしかないだろう。トリスタンはロープと斧を手放すと、勢いよく飛び出した。扉は足で蹴ると同時に砕け散った。トリスタンは敷居に手を掛けて壁にへばりつき、下の穴に落ちないように肘をついて体を支えた。両手を瓦礫で押し潰されながらも、なんとか上半身だけ這い上がれた。あとは下半身を引き上げるだけだ。息は乱れ、両腕は肩にかけて切り傷を負っていた。それでも、生きている。トリスタンは瓦礫の中を這って立ち上がった。

中世の展示室は無傷だった。ガラスケースには展示品がきちんと収まっている。トリスタンはポケットから〈天使の鍵〉を取り出し、左手にある〈ワデスドンの間〉に向かった。

聖骨箱はそこにあった。

これまでに見たことがあるのは、モノクロ写真のレプリカだけである。実物のあまりの美しさにはついうっとり見とれてしまう。キリストの荊冠の棘は聖骨箱の壁龕《へきがん》に納められ、その周囲を黄金と宝石で彩られた大勢の人物が取り囲む。世界の終末と最後の審判に苦悶の表情を浮かべる者たちだ。トリスタンはぞくぞくした。まずは、鍵穴を探さなくてはならない。慎重に調べていくと、背面に彫刻の施された二枚の扉があった。扉の後ろにもう一つ壁龕が隠れているようだ。その左側に穴があいている。そこに〈天使の鍵〉を差しこんでみたが、鍵は回らない。鍵の突起が窪みに嵌るように少しずつ鍵を動かしていく。ほどなくカチリと音がし、扉が開いた。中を覗きこもうとして、トリスタンは一瞬ためらった。ヴァレンヌ通りのアパルトマンからゴードン・スクエアの家へ、パリの採石場跡から大英博物館へと自分を導いた謎と発見のゲームは、実はすべて想像の果ての妄想だったのではないだろうか。最初から思い違いをしていたのでは？　ただの幻想を創り出していただけだったとしたら……？

その答えを知る方法は一つしかない。扉の奥に手を差し入れることだ。

ためらう気持ちを振り切って、壁龕へと手を伸ばす。指先にスワスティカの独特の形が触れる。

トリスタンは慎重にそれを引き出した。チベットやモンセギュールのものより小さかったが、その力が大きさによらないことはよく知っている。トリスタンはそれをシャツの下に滑りこませた。

一瞬、トリスタンはめまいを覚えた。幾多の民族がこれを崇めてきたのだろう？　どれだけの人間がこれを渇望してきたことか？　そのスワスティカがここにある。今、肌にじかに感じている。四つ目の、最後の、すべてを変えることができるスワスティカが……。

すると、奇妙な現象が起こった。めまいが激しくなり、突然視界が暗くなった。続いて、スワスティカに触れている胸の辺りから凄まじい熱波がほとばしり、全身に広がっていく。あたかも植物が肥沃な土壌にぐいぐい根を張っていくように。エネルギーが――そうとしか言いようがない――血管に筋肉にみなぎっていく。トリスタンはよろめき、聖骨箱にしがみついた。視界が霞み、脳内は思考停止に陥り、閃光が意識をずたずたに引き裂く。トリスタンは魂が体から離れるのを感じた。もはや肉体は自分のものではない。激しい苦痛に耐えきれず、ぐらぐらしている。

「だめだ……今はまだ……」

トリスタンは膝から崩れ落ち、床の上に倒れこんだ。トリスタンの魂はもう博物館にはいない。次々と映像が押し寄せてくる。

風が吹きつける断崖、紺碧の空にくっきりと見える黒い水平線、そして遠くでかすかに聞こえる波の砕ける音。すべてが生々しかった。周囲を見回すと、辺り一面に捻じれた石、尖った石が隆起している。まるで荒々しい軍隊を思わせ、敵意を感じる。トリスタンはその荒野を夢遊病者のようにさまよった。

トリスタンは夢を見ていた。しかし、眠ってはいない。

突然、黒々とした高い像が視界に現れた。

女だ。女の石像。蓋の開いた小箱を両手で持って差し出している。

なんとなく見覚えのある顔だ。よく見ようと近づいたとたん、心臓が跳ね上がった。エリカだ。無言のエリカが恐怖の表情を浮かべ、哀願している。

次の瞬間、その両腕が折れ、地に落ちた箱からスワスティカが現れた。風が激しさを増し、立っていることもままならない。石像がぐらりと後ろへ傾く。倒れないようにトリスタンは手を伸ばしたが……。そこで、辺りが真っ暗になった。エリカが崖の上から落ちたとたん、トリスタンは意識を失った。

三八

ロンドン
パラダイスズ・ガーデン

モイラはイングランド人のことは蛇蝎《だかつ》のごとく嫌っていたが、その文化には多少なりとも評価に値するものがあると認めていた。その筆頭に挙げられるのが、クロテッドクリームをたっぷり載せたスコーンだ。コクのある生クリームのようなクロテッドクリームは、できればコーンウォール産が望ましい。それから、インド北東部から独占的に輸入される苦味の強いアッサムティーにも目がなかった。したがって、クロウリーからすぐに会いたいと電話がかかってきたときも、待ち合わせ場所が〈パラダイスズ・ガーデン〉だと聞くや、モイラは二つ返事で応じた。この小さなティールームは自宅から二ブロックのところにあって、夜遅くまで営業している。クロウリー曰く、自分は諜報機関からマークされているため、いかがわしくない場所で新しい情報を提供したいということだった。

モイラは〈パラダイスズ・ガーデン〉に入るとすぐ、店の奥のレジ横のテーブルに座るクロウリーの姿を認めた。店内の装飾は控えめで、淡い藤色に塗られた壁に図案化された茶の木の花の絵が何点かと、例に漏れずジョージ六世の写真が飾られている。レジの脇の小さなショーケースにはその日のケーキが並べられていた。モイラはその中にスコーンの山があるのを満足げに眺めた。店内はがらんとしていて、互いに見つめあい、囁きを交わす一組のカップルが、その場に明るさを添えているくらいだ。モイラはカウンターで店員に注文を伝えると、クロウリーの前に腰を下ろした。

「アレイスター、わざわざここまで出向いてきてやったんだから、それなりの用意がないと承知しないよ」

「ああ、もちろんだとも……。それより気づいてくれたかね。この店はおまえの好みに合わせて選んでやったんだぞ。こっちは我慢することにしてね。わたしがあのおぞましい東洋の煎じ薬が嫌いなことくらい知っているだろう。あれを飲むと歯が黄ばむし、肌の色もくすむからな」

モイラは笑みを浮かべ、メニューに見入った。

「こっちはあんたにそうそう構っている時間はないの。で、さっきの続きだけど、この前あんたがうちの店に来たとき、尾行されていたんじゃないかって話……」

「ああ。店を出たときに、SOEの同僚の若い女の姿を見かけたんだ」クロウリーは声を潜めた。「彼女が偶然あんなところにいるわけがない」

モイラはメニューを置き、カウンターの中の店員に向かって手を上げた。

「その女のことなら知っているわ。こっちも気づいていたからね。今頃、わたしのドイツ人の仲間がかわいがってあげているわよ」

店員がピンクの磁器のティーポットを運んできた。クロウリーはその様子を黙って見ていたが、店員が遠ざかるとすぐに身を乗りだした。

「彼女の身に何かあったら、かなりまずいことになる」

「あら、どうしてよ？　急にお涙ちょうだいになっちゃってさ」

モイラはティーポットを持ち上げ、カップに琥珀色の液体を注いだ。

「そんなことはない。だがな、エージェントがひどい目に遭わされたとなれば、ＳＯＥも黙ってはいまい。連中は仲間意識が強いからな」

モイラは視線をクロウリーに向けたまま、うまそうに紅茶をすすった。

「うーん……おいしいわ……。ほかのアッサムに比べて、すごくコクがあるみたい……。言っておくけど、アレイスター、わたしが心配しているのは、こっちがマークされていないかってこと。あんたのボス、マローリーには何て説明したの？」

「地獄の火《ヘルファイア》クラブの売却金の残額を回収するためにおまえに会いに行ったと」

「それで向こうは信じたの？」

モイラはなんとなくだるさを覚え、カップをソーサーに戻してこめかみをさすった。

「どうした、モイラ？　気分でも悪いのか？」

「なんだか暑いわ……」モイラはブラウスの一番上のボタンを外しながら答えた。「わたし……」

モイラは両肩に手が掛けられるのを感じた。振り向くと、見知らぬ男が自分の上に身を屈めている。立ち上がろうとしても、強い力で押さえつけられて身動きがとれない。そこで、クロウリーのほうを向こうとしたが、それも叶わなかった。まるで首の筋肉がコンクリートで固められてしまったようだ。

「卑怯者……わたしに……薬を飲ませたね……」

「去年、地獄の火《ヘルファイア》クラブでわたしを罠にはめてくれた礼だよ。心配ない。SOEの人間が言っていた。この薬は筋肉を麻痺させるが、意識に影響を及ぼすことはないとね。われわれのロマンチックな散歩に最適だ」

「さん……ぽ……」

「マローリー司令官がおまえに会いたくてうずうずしている」

モイラは自分の口が石になったような気がした。もはや完全に体の自由は奪われていた。男たちに持ち上げられて運ばれるあいだ、モイラはまるで棺桶の中にいるような恐怖に襲われた。肉体という名の棺桶。自らの肉体の中に閉じこめられているのだ。

男たちはモイラの体を店の裏手に停めてあるフォードの後部座席に横たえてから、車を発進させた。アレイスターはモイラの横に座った。

「聞こえているよな、モイラ。体の自由が利かなくなるというのは、どんな気分かね？　さぞかし不快だろうね？　わたしにとっては好都合だ。ほら、今おまえの太ももを撫でてやっているが、何も感じないだろう。おまえの知らないうちにこの手がもっと上に這っていくかもしれんぞ。おまえは病院の奥で忘れ去られた植物人間だ」

モイラが認識できるのは、車の行き交う音と、車窓から見える建物の向こうの空だけだった。そのうちに、景色が変わり、木々が現れた。モイラは無言で夜の神々に助けを求めた。頭の中で呪文を唱えてみたが無駄だった。モイラは形の定かでない陶器の体の中に一人閉じこめられていて、魔術はまったく役に立たなかった。

一時間ほど走ってから、車は鬱蒼《うっそう》とした森に囲まれた狩猟館の前で停止した。モイラは体の感覚を取り戻しつつあった。痺れは消えたようである。二人の男が、汚れた洗濯物を扱うようにモイラを地面に降ろした。私道の砂利に肘をぶつけ、まだ痛みの残る腕にビリッと鋭い痛みが走る。

「ちょっと……気をつけな……虫けらども……」

まだ自分の口が作りもののように思えたが、モイラは再び話せることに驚いた。男たちのほうは返事をする気はないようで、足首と肩を摑んでモイラを持ち上げると、館の中へ運んでいった。クロウリーはその横を歩きながら、時おりなめるような視線をモイラに寄こした。

モイラは二階に運ばれ、黒ずんだ板張りの部屋で下ろされた。壁中にハンティングトロフィーが飾られている。雄ジカの頭、イノシシ、雌ジカ、ヤマウズラ……夥《おびただ》しい数の剝製たち。イギリス中の猟師がここに集まり、こぞって戦利品を掲げたのではないかと思えるほどだ。男たちはモイラを椅子に座らせると、手足を手錠で固定した。

モイラの正面に、椅子に縛りつけられた男がいた。頭をだらんと前に垂れ、汚れたシャツには血痕が飛び散っている。

「これは、われらが愛しの魔女殿ではありませんか」どこからともなく声がした。「お早いお着きのようで。まだ尋問の途中でしてね。まあいい……レディ・ファーストといきますか。自己紹介しましょう。わたしはマローリーです。そろそろ薬が切れている頃かと思いますが、話せますか？」

「まあね……そっちには、わたしを拉致する理由も権利もないでしょうが」

「戦時下の民主主義国家においては、ＳＯＥのような諜報機関にはすべての権利が認められているのです。左側の壁を見てください」

モイラは顔を左に向けた。そこには大きな写真が貼られていた。墓石の上に横たわる若い女の損壊した死体が写っている。

「見覚えがありますね？」マローリーが尋ねた。「あなたは昨年、アレイスターを陥れるためにこの女性を殺害しました。彼には証言する用意があります。もし、われわれがマスコミに犯人の正体を明かせば、衝撃的な見出しが躍るでしょう。地獄の火《ヘルファイア》クラブの支配人、その正体は切り裂きジャックだと……」

だが、モイラは落ち着きはらっていた。口の中のネバネバを床に吐き出し、軽蔑を露わにした。

「そうなったら、新聞に載るのはわたしの写真だけじゃ済まなくなるさ。うちの店の常連客の名前をぶちまけてやることもできるんだからね。それなりの地位にある人が大勢いるよ。国会議員、警察官、高名な医者、外交官、聖職者、新聞記者……それから、たぶん王室の人間もね。毎月手帳に書き留めているのさ。顧客の名前と……どんなプレイをしたかをね。こっちだって馬鹿じゃないから、プレイの様子はすべて撮影させてもらっている。一つ残らずね。保険をかけているのさ」

「したたかな女性だ……」

「周りの人間には、わたしがいなくなったらその写真を新聞社に送りつけるように言ってある。検閲があろうが、連中はホクホクして報じるでしょうよ。このスキャンダルで吐き出される泥の量は、増水時のテムズ川を上回るだろうね」

「そんな脅しは通用しない。こちらには関係のないことだ。わたしが知りたいのはたった一つ。アレイスターが最後にあなたに会いに行った晩、店の近くで仕事をしていたわれわれのエージェントにあなたがたは何をしたのか？　教えなさい。教えないというなら、死んでもらうだけだ」

　モイラは肩をすくめた。

「あんたにわたしは殺せない。あんたはお育ちのいい英国紳士《ジェントルマン》だからね。うちの常連客たちの写真のことを心配したほうがいいよ。こっちは……」

　とたんに平手打ちが飛んできて、モイラの頭がぐわんと横を向いた。

「もう一度訊く。うちのエージェントをどこにやったのか、ミス・オコナー？　そちらがスキャンダルを流そうが、こちらは痛くも痒くもない。わたしはおたくの常連ではないからな」

「薄汚いイングランド野郎が！　強がるのもいい加減にしな！」

　マローリーは椅子に縛りつけられた男のもとへ歩いていくと、その頭を持ち上げてみせた。顔の左半分が紫に変色し、口角から流れた血が乾いて固まっている。マローリーは男の後ろに回ると、両肩に手を置いた。

「紹介しよう。グラハム・スレンダーズだ。一九三五年にデヴォンシャーで設立された小さな会社、スレンダーズ運送の経営者だ。先月の激しい嵐でスレンダーズ社のトラックが運転を誤り、池にはまった。レスキュー隊がトラックを引き上げたところ、積荷からダイナマイト三ケースが発見され、その情報はすぐにＭＩ６に知らされた。こちらの同胞グラハムにたどり着くまでの詳細は省くが、この男の自宅でドイツ製の立派な受信装置が見つかったというわけだ」

マローリーは男の頭を後ろへぐいと引っぱった。

「友好的に尋問を進めた結果、この同胞はアプヴェーアに加担していることを吐いた。あなたもよくご存じのドイツのスパイだ。あなたが情報を流していた相手だよ」

クロウリーはモイラにちらりと目をやった。モイラはまるで関心がないかのように、平然としている。マローリーは男の顔を覗きこむようにしてから、モイラに言った。

「グラハムは祖国を裏切った。あなたと同じだ」

「わたしの祖国はただ一つ、アイルランドよ！　あんたらが占領して暴虐の限りを尽くしている国だよ！」

マローリーは部下の一人に合図した。すると、部下は縛られた男の後ろに立った。

「始末しろ、トム」

部下はポケットからおもむろに紐を取り出し、グラハムの首に巻きつけた。彼は狼狽えた表情を浮かべ、しどろもどろに言った。

「いや、そんな……わたしは全部話したはず……」

だが、最後まで言い終える前に、グラハムの顔は赤く膨れ上がり、やがて目を剥いた。だらしなく開いた口から舌が垂れ下がり、ピクピク動く。最期に大きく体を震わせ、グラハムは椅子ごと床に倒れた。部下の男がグラハムの拘束を解くと、足首を持ってドアのほうへ引きずっていく。マローリーは部下が部屋を出たのを見届けてから、モイラのほうを向いた。モイラの顔は蒼白になっていた。

「わたしがジェントルマンだったら、SOEの今のポストにはいないがね。こちらの質問に答えなければ、ミスター・スレンダーズと同じ道をたどることになる。もちろん、お仕置きも含めてだ。数日中に膨れ上がったあなたの死体がテムズ川で発見されるだろう。わたしはわたしで年代物のコニャックを味わいながら、あなたの大事な顧客のスキャンダラスな記事をゆっくり楽しませてもらうとしよう」

クロウリーはモイラの耳もとで囁いた。

「モイラ、話したほうが身のためだ。殺されてぼろ切れのように捨てられるのがオチだ」

モイラはすっかり落ち着きを失っていた。やがて観念したようにマローリーを見上げると、口を開いた。

「あの娘の居場所を教えれば、ここから出してくれるんだね？　それでチャラにしてもらえるんだね？」

「いや、それだけではチャラにはならんな。今後は、二重スパイとしてわれわれのために働いてもらおう。あなたがアプヴェーアの連中と接触するのを、こちらが利用させてもらう」

モイラは即答を避け、頭を忙しく働かせた。このピンチを乗り切るにはどうするのが一番か。とにかく時間を稼がなければならない……。ついにモイラは、首を縦に振った。

「わかった、話すよ。あの娘は店にはいない。サウスゲートに連れていかれた。サルヴェーション・ロードを入ったところにある食肉卸売業者の倉庫の中さ。わたしが知っているのはそこまで」

マローリーが部下に指示する。

「すぐに向かう。この女から目を離すな」

「水を一杯もらえるかしら?」モイラは小声で頼んだ。

「いいとも。ここはゲシュタポではないからな」

モイラは軽蔑するように笑った。

「ふん、とんだイングランドの偽善者だわ……ゲシュタポとやっていることは変わらないじゃないか。あんたがドイツに寝返ったら、SSに推薦状を書いてあげるよ!」

マローリーは何も言わず、クロウリーを連れて部屋を出ていった。

二人は廊下を歩いて館の反対側に向かった。

「モイラの言うとおりだ」クロウリーが口を開いた。「おたくが平然と人殺しをやってのけるとはな」

見張りのエージェントが扉を開け、二人を中へ通した。広い部屋の中では、三人の男たちがテーブルを囲んでポーカーに興じている。

それを見て、クロウリーはその場に立ちすくんだ。三人のうちの一人は、なんと先ほど絞殺されたばかりのスパイだった。その向かいには不機嫌そうな表情の処刑人が座っている。

「エースのスリーカードだ！　チップを寄こせ」

奇跡の生還者はそう叫んで、目の前に積み上げられたシリング硬貨の山を掻き集めた。

マローリーが近づくと、男たちは一斉に立ち上がった。

「ああ、座ってくれたまえ。きみの復活はうまくいったかね、マルコム」

男は喉もとを擦《さす》りながら答えた。

「はい、司令官。フィッツパトリックの馬鹿野郎が少々力を入れすぎた以外は順調にいきました。こいつったら、本当にあのまま力を抜かないのかと思いましたよ」

「ああ、そうすればよかったよ！　本当に、そうするべきだった。そしたら、ポーカーで巻き上げられることもなかったのに。よし、次は取り返してみせるぞ。俺は……」

マローリーが偽処刑人の肩をぽんぽんと叩く。

「時間がない。きみはわれわれと一緒に来てくれ。すぐにサウスゲートに向かう」

一同が部屋を出ようとしたとき、電話が鳴った。マローリーが受話器を取ると、秘書の声がした。

「今から出かけるところなんだ」マローリーは苛々して言った。

「マルカスの姿が確認されました。ロンドンの中心地にいました」

「どの辺りだ?」

秘書は自分でも信じられない様子で、一瞬間を置いてから答えた。

「大英博物館です」

マローリーは耳を疑い、窓の外を見た。もちろん、今は夜中で辺りは真っ暗だ。

「しかし、この時間は閉館しているはずだぞ……いや、それどころか、爆撃を受けて現在全館閉鎖中だ。何かの間違いではないのか」

それでも、秘書は食い下がった。

「監視班は絶対に間違いないと言っています。本日午後、マルカスが片づけのボランティアたちとともに博物館に入っていくところを目撃したとのことです。しかし、彼が出てくるところは誰も確認できていないそうです」

「どうやって本人と特定できたのか?」

「わかりません。ご指示願います、司令官」

マローリーは手で受話器を塞ぐと、クロウリーのほうを振り返った。

「クロウリーさん、あんたたちだけでサウスゲートに向かってくれ。ロールを無事に連れ帰ってきてほしい」

クロウリーが部屋を飛び出していくと、マローリーは再び受話器を耳に当てた。

「博物館周辺の監視を強化してくれ。すぐに行く」

三九

ロンドン
グレート・ラッセル・ストリート
大英博物館

〝ラザロの復活〟のごとく、トリスタンは意識を取り戻した。シャツに触れて確認すると、確かにレリックはそこにあった。トリスタンは恐ろしい悪夢から抜け出せたことに安堵し、ゆっくりと立ち上がった。どれくらいのあいだ意識を失っていたのか、見当もつかない。過去の二つのレリックでは、こんな目に遭わなかったのだが。レリックの持つ力は、それぞれ違うのかもしれない。トリスタンはレリックをポケットにしまった。自分にとってもレリックはお護りなのだ。すばらしき世界の扉を開く魔法の鍵だ。そこにはヒムラーもマローリーも存在しない。トリスタンはくらくらするような陶酔感を覚えた。すでにレリックの影響を受けているのかもしれない。

館内に最初の作業班が入るまでに、すべて整えておく必要があった。トリスタンは中世の展示室を離れ、再び苦労してホールに戻った。現場を見回し、足場や資材や工具を確かめて、自分がいた形跡を残さないようにする。さらには適当な板を探してきて、中世の展示室に通じる入口を元のように塞いだ。続いて、石棺のある部屋に行って、石棺を蓋が少しだけ開いた最初の状態に戻した。ここまでしておけば、もう誰にも気づかれることはあるまい。ジェームス・ハドラーによって大英博物館に最後のレリックが保管されていたことも、それを自分が回収したことも。

さて、次に考えなくてはならないのは、どうやって博物館から抜け出すかということだった。まずは清掃作業の班に何気なく合流する。そこからは選択肢が二通りある。最初の休憩まで待ってから姿を消すか、博物館の出入りに紛れて姿をくらますか。

ゆっくり考えている暇はない。すでに正面玄関の扉が軋む音がしていた。間もなく一日の作業が始まりを迎える。

ミュージアム・ストリート

マローリーが博物館の向かいの家の三階に陣取ってから、すでに数時間が経過していた。出窓からは博物館の入口が望める。家主はウェールズ訛りのある老婦人だったが、真夜中に押しかけてきたSOEの男たちを見て、生きた心地がしなかったに違いない。おびえた老婦人は事情が呑みこめないまま、男たちのために三階の広間を開放した。マローリーと部下は、広間の出窓から博物館の入口を見張っていた。先ほど正門が開かれたところだ。

「今のところ、誰も出てきませんね」

　マローリーは黙ったまま、手もとにあるわずかな情報を繋ぎあわせようとした。すべては饒舌な古着屋の証言から始まった。フランス語訛りのある男が店に来て、まだ新しい服を作業服と交換していったというのだ。ロンドンは今、フランスから流れてきた難民で溢れている。通常ならその程度の些細な情報は完全に見過ごされていただろう。だが、偶然店のカウンターに居合わせた警官が、マローリーの部下たちがロンドン中の警察署に送った捜索依頼の内容を覚えていたことから、事態が急展開する。すぐにＳＯＥのエージェントは大英博物館の工事現場に目星をつけ、張り込みを始めた。そして、その読みは見事に的中する。ボランティアたちに紛れ、博物館の入口の前で煙草を吸っている男をマルカス本人だと特定したのだ。しかし、一日の作業が終わっても、マルカスが博物館から出てくるところは確認されていない。

「まだ館内にいるのは間違いないのか？」

　先ほどからマローリーはもう十回は同じ質問を繰り返している。

　エージェントの一人が辛抱強く説明する。

「はい、間違いありません。ほかの出口からは出られませんので。建物の周囲はすべて市民防衛隊によって封鎖されています」

信じられないとばかりにマローリーは首を捻った。事実を事実として受けとめることがなかなかできない。トリスタンが館内に留まっているのは、最後のスワスティカの在りかを突き止めて、手に入れようとしているからだ。まことにあっぱれと言いたい。だが、なぜSOEに連絡を寄こさなかったのか？ ドイツ側に雇われたスパイの監視下にあり、一人で動く必要があったのかもしれない……。もしくは、今回、SOEからの離脱を決意したうえで実行したのか……。

「司令官、奴が出てきたらどうしますか？」

「確保しろ」

「逃げようとしたら、あるいは……」

マローリーは厳しい目をした。

「手荒な真似はするな。彼は生かしておきたい」

大英博物館

瓦礫を撤去する作業班がエジプトの展示室の前を通るのを見計らって、トリスタンはさりげなく合流した。誰も気を留める様子もない。作業エリアまで来ると、トリスタンは手押し車とシャベルを与えられ、炭化した本の残骸の収集を指示された。手押し車がいっぱいになると一階まで下ろす作業の繰り返しだ。そのために裏階段には板が敷かれていたが、ひどく不安定な状態だった。すでに事故があったらしく、誰もが尻込みをしている。これ幸いと、トリスタンは自らその役目を買って出ることにした。一回目に手押し車を下ろす際、トリスタンは所要時間を測定した。ホールに到着するまでに三分、ホールを横切るのに二分、そして、表に停車しているダンプカーに中身を空けるまでに二分。片道七分に加え、戻りは少し長く見積もって往復十五分。つまり、自分がいなくなったことに気づかれるまでに十五分はかかるという計算になる。姿をくらますには十分な時間だ。あとは抜け出す頃合いをうかがうだけだ。だが、その前にもう一度変装しておく必要がある。トリスタンは向かいで灰を掻き集めているボロボロの服を着たポーランド人に目をつけた。多くのボランティアたちと同じく、この男も日に三度支給される粗末な食事目当てで作業に参加しているに違いない。試しに煙草を持っていないか訊いてみると、相手は肩をすくめただけだった。そこで、トリスタンはぼろ着と煙草四本を交換しようと持ちかけた。ポーランド人は二つ返事で応じた。

二回目に手押し車を下ろしたとき、トリスタンは乞食のような格好ですっかり別人になっていた。

博物館の中からはまだ誰も出てきていない。マローリーはちらりと時計を見た。ボランティアたちが入ってから一時間が経つ。スワスティカを手に入れたのなら、そのまま作業を続けるわけにはいかないはずだ。なぜトリスタンは出てこない？　トリスタンが捕まらない限り、警察を介入させることになるだろう。マローリーはエージェントの一人、マイクのほうを振り返った。

「ボランティアはいつ休憩をとるのか？」

「二時間おきです。煙草を吸ったり喉を潤したりするために表に出てきます」

「一度に何人くらい出てくるんだ？」

「だいたい四十人ほどです」

マローリーは顔をしかめた。全員を見張ることなど、とうてい不可能だ。思い切った手を打つ必要がある。

「マイク、ひとっ走りして、新聞売りの小僧たちを集めてきてくれ。彼らにチップを渡し、マルカスの写真を見せるんだ。ボランティアの連中が博物館から出てきたら、すぐに彼らを送りこんで顔を確認させせろ」

「子どもがマルカスを見つけたら？」

「足を滑らせたふりをして、叫びながらマルカスの脚にしがみつかせよう。われわれが駆けつけるまでの時間稼ぎになる」

マイクは新たな部隊を立ち上げるべく、すぐに出ていった。

大英博物館

山のように積まれていた砂がみるみる減っていく。二人の左官工がシャベルで砂をすくい取っては、回転するコンクリートミキサーに入れていた。あともう少し砂を足せば、準備は整う。見習いが混ざりやすくするためにバケツ一杯分の水を注ぎこんだ。そのまま後ろに下がろうとしたとき、ちょうど灰を積んだ手押し車を押してきた男とぶつかった。

「おい、ポーランド野郎、どこ見て歩いてんだよ！」見習いは相手を見下したように怒鳴った。

左官工たちもゲラゲラ笑っている。

「あの服を見たかよ？　まるで乞食じゃないか！」

「あんななりで戦っていたなら、ヒトラーに完敗するのも無理ないよな」

トリスタンは顔を伏せたまま離れていった。人種差別は決してドイツだけの問題ではない。ああいう無知な輩は恥を知るべきだ。負けはしたが、ポーランド人はドイツ人に対してライオンのように勇猛果敢に戦っていた。それにポーランドは、世界最大級のレジスタンスを組織している国でもある。しかしながら、トリスタンは口もとに笑みを浮かべていた。変装が見事に機能しているのが確認できたからだ。正門まであと少しだ。門扉は開いている。トリスタンは手押し車を置き、博物館の前庭を観察した。煙草を吸う市民防衛隊のメンバーが一人いる以外、人影はない。三歩で門を通過、五歩目で敷地を出る。七歩目で自由を感じた。はやる気持ちを抑えきれず、トリスタンは駆けだした。

ミュージアム・ストリート

「準備完了です。マイクが新聞の売り子を集めました。今来ますよ」部下の一人が報告した。

マローリーは双眼鏡を摑んだ。だが、視界に入ってきたのは、タイムズ紙を抱えた子どもたちではなかった。

「誰か博物館から出てきたぞ」

部下たちが一斉に窓辺に駆け寄った。そのうちの一人がすぐに笑い声を上げた。

「なんだ？　あの案山子みたいな男は？」

「服がボロボロだな」

「あの男が怪しい！」マローリーが叫んだ。「今、われわれの鼻先で逃げ出そうとしているぞ！」

部下たちはわれ先に部屋を飛び出していった。マローリーは再び博物館の入口に双眼鏡を向けた。逃亡者はすでに正門を抜け、ブルームズベリー方面に左折している。マローリーは悪態をついた。まずい。このままでは彼を取り逃がしてしまう。部下だけに任せられず、自ら追跡するためにマローリーは部屋を出た。あの男がトリスタンならば、あっという間に脇道に入りこんで姿を消してしまうだろう。グレート・ラッセル・ストリートとブルームズベリー・ウェイに挟まれた地区は、横丁や路地が迷路のように入り組んでいるばかりか、爆撃によって廃墟となった建物も多い。そんな建物の地下室にでも隠れられてしまえば、見つけることなど不可能だ。マローリーは通りに出ると、博物館の反対方面へ走りだした。自分の直感が正しければ、彼を取り押さえることができるかもしれない。

ストリータム・ストリート

トリスタンは歩を緩めた。もう見つけられる心配はない。ゆっくりジェームス・ハドラーの家まで歩いていくと、近くから入口の様子をうかがった。歩道はさまざまな国籍の物乞いたちで溢れていたが、人々は目もくれないで通り過ぎていく。あの家が監視されていなければ、中に入って、貴重品を盗み出すところなのだが。それを闇市で売って、その金で……。

「トリスタン！」

トリスタンはぎくりとした。このロンドンで自分のファーストネームを知っている人間はそう多くない。トリスタンは振り返った。マローリーが息を切らせながら、建物に寄りかかるようにして立っていた。

「トリスタン……おまえがスワスティカを隠し持っていることはわかっている……馬鹿な真似はよせ……何が望みだ？」

トリスタンは何も言わずに突っ立っていた。

「わたしを信じてくれ……約束する……これがおまえの最後の任務だ……レリックを渡すのだ……そうしたら、好きにしていい……」

トリスタンはエリカの言葉を反芻していた。もし、エリカがゲーレンとグルになって陰謀を企てていたとしていたら？　トリスタンはスワスティカをナチスに渡したのだと、二人揃って主張したら……マローリーも誰も自分を庇ってはくれまい。

「トリスタン、わたしはずっとおまえを支えてきた」マローリーが訴えた。「父さんのことを考えろ……」

そのときだった。どこからともなく配達用のトラックが現れたかと思うと、急停車して道を塞いだ。最初に降りてきたのはコンラッドだった。アプヴェーアの工作員二人とスーザンがそれに続く。

コンラッドはブローニングを抜くと、十メートルほど先のマローリーを狙った。一発目でマローリーは壁に叩きつけられ、二発目で地面に転がった。

「トリスタン、こっちだ！」コンラッドが叫んだ。

トリスタンは慄然として、地面でのたうち回るマローリーの前で立ち尽くした。このまま見殺しにするわけにはいかない。コンラッドの言葉を無視して、トリスタンはマローリーの傍らに跪いた。

「トリスタン、どういうつもりだ！」

突如、通りの反対側から銃を手にしたＳＯＥのエージェントたちが現れ、トラックに向けて発砲した。コンラッドは身を翻し、仲間たちと応戦しながら、叫んだ。

「スーザン！　レリックを回収しろ。掩護《えんご》する」

スーザンは弾丸を避けるために姿勢を低くし、トリスタンのほうへと這っていった。

トリスタンに手を握られ、マローリーは血の海に横たわっていた。

「スワスティカを敵に渡すな……頼む」

「約束します。とにかくここを離れましょう」

「いや……もう終わりだ……おまえの父さんのところへ行くよ。また会えてよかった……おまえはよくやった……」

マローリーが目を見開いた。

「後ろに……気をつけろ……」

トリスタンが振り返ると、銃口をこちらに向けたスーザンが立っていた。

「そう、あんたたち、知り合いだったのね……」

スーザンはトリスタンのこめかみにピストルを突きつけた。

「この裏切り者のクソ野郎が。虫唾が走るんだよ、裏切り者ってのは……」

言い終えるより先に、鈍い銃声が立て続けに響いた。トリスタンの目の前で、スーザンは酔っ払ったダンサーのようにくるりと回ってから、地面に崩れ落ちた。

コンラッドが振り向いて叫ぶ。

「スーザン！」

アプヴェーアの一人がSOEのエージェントたちに向けて手榴弾を転がす。エージェントたちは逃げきれず、爆発の衝撃で吹き飛ばされた。

その隙に、コンラッドは意識のない妻のもとへ急いだ。トリスタンはスーザンが落とした銃を拾おうとしたが、アプヴェーアの男に先に取られてしまった。別の男がトリスタンを立ち上がらせる。トリスタンにはなす術がなかった。万事休す。

「ずらかるぞ」コンラッドが声を張り上げた。「敵の援軍がやって来る」

コンラッドはスーザンを胸に抱き寄せた。

「しっかりしろ。俺が助けるからな！」

嵐のあとの静けさが訪れた路上に、エンジン音が響きわたった。その直後、トリスタンと四つ目のレリックを乗せたトラックは、ブルームズベリーから走り去っていった。石畳の上にマローリーを残したまま……。

四〇

ロンドン

地下室は闇に沈み、ドアの隙間からわずかな光だけが漏れてくる。暗闇に乗じて、ネズミはロールの右の太ももの上でちゃっかり落ち着いていた。小さな動物の腹部の温もりがドレスの生地を通して感じられる。じかに触れるのはぞっとするが、ネズミの存在は思いのほか安らぎを与えてくれた。

足音が聞こえてきた。一気に体に緊張が走り、鼓動が跳ね上がる。連中が戻ってきたのだ。ロールは奥歯を舌でなぞった。いよいよ終わらせるときが来た。

「じゃあね、トミー。お別れよ。元気でね」

ロールは大きく息を吸った。この世で最後に取りこむ酸素。シアン化物が体内に吸収されると、急激に心臓の機能が奪われるそうだ。きっとすぐに決着がつくだろう。

世界の終わりを告げるように、扉が軋みながら開く。

光がさっと差しこんできた。

この世で最後に見るものが処刑人の顔だなんてごめんだわ。ロールは顔をそむけ、臍《ほぞ》を嚙む思いで叫んだ。

「うせやがれ！」

それから、思いきり奥歯を嚙みしめた。カプセルは砕けない。

人影がすぐそこに立つ。ロールはもう一度嚙みしめた。差し向けられた懐中電灯の光に目が眩み、処刑人たちの顔はまったく見えない。

「ロール、安心しろ！　助けに来たぞ」

馴染みのある声だ。夢ではないか。ロールは目を瞬《しばたた》かせながら、声の主を探ろうとした。

「あなたは……」

「もう大丈夫だ！」

「アレイスター……さん？」

懐中電灯が下ろされ、クロウリーの肉づきのいい顔がロールを覗きこむ。ロールは自分を縛りつけるワイヤーが複数の手で緩められるのを感じた。ネズミはあっという間に姿を消してしまっていた。

「ボスがモイラを説き伏せてね、おまえさんがここに監禁されていることを白状させたんだ」

エージェントが二人がかりでロールの拘束を解いている。クロウリーは痛めつけられたロールの手に目を留めた。

「かわいそうに……細菌に感染しないうちにすぐ手当てしたほうがいい。病院に行こう」

「カップルがいたんだけど……」ロールは低い声で言った。「若いドイツ人の男とイギリス人の女。そいつらに尋問されて。あの二人は捕まりましたか？」

クロウリーは首を横に振った。

「いや、倉庫には男が二人いただけだった。われわれが始末したがね。とにかく、お嬢が生きてくれていたこと、それが何よりありがたい」

ロールはクロウリーに抱きついてキスしたくなった。

「あなたに会えて……まさかこんなに嬉しいなんて……アレイスターさん」

「いつかベッドでお相手願うときまで、その言葉、しかと覚えておくぞ」

ロールは笑ってみせると、エージェントに支えられながら立ち上がった。

「司令官は？」

「トリスタンの捜索に向かった。ロンドン市内にいると報告を受けてな」

ロールは一気に気力を取り戻した。

「また……会えたらいいんだけど……。あの、わたし……青酸カリのカプセルを使うつもりでいたんです」

クロウリーは予言者のような顔つきになった。

「おまえさんはまだ死なない。わたしにはわかる。おまえさんは〈星〉のタロットカードに守られておる」

「それより、イギリスの毒薬カプセルの性能の問題じゃないかと……」

戸口に向かって踏みだそうとしたとき、ロールは舌先にわずかな違和感を覚えた。次の瞬間、苦いアーモンド様の風味が口全体に広がる。

ロールは半狂乱に陥った。

「やだ……どうしよう！」

「どうした？」

ロールは怯えた目で、咳きこむように言った。

「カプセルが……壊れて……わたし……」

「すぐに吐き出せ！」

クロウリーは怒鳴って、ロールの頭を下に向けた。

ロールは意識が混濁しはじめた。視界もぼやけてくる。

「しっかりしろ！　吐かせないとだめだ。わたしがやる」

クロウリーは人工呼吸を施すようにロールの口に自分の口を押し当てた。そして、ロールの唾液を吸い上げてから、思いきり床に吐き捨てた。エージェントの一人が嫌悪感も露わに呟く。

「いくらなんでも……」

「ほかに方法があるというのかね？　すぐに吐き出させなければ、死ぬぞ！」

ロールは胃がせり上がるのを感じ、目玉をひん剝いて、茶色の液を吐き出した。

「そんなもんじゃ、だめだ」クロウリーがロールの口に手を入れる。「いいか、喉の奥を刺激するぞ」

クロウリーの人差し指が喉の奥に突っこまれると、ロールはまるで噴水のように嘔吐を繰り返し、胃の内容物を床にぶちまけた。自分の周囲がぐるぐる回っている。まるで体の中が液状化し、口から溢れ出てくるようだ。

「ロール、眠るな！」

崩れ落ちそうになって、ロールはクロウリーの袖を摑んだ。

「カプセルの……性能は問題ないかと……」

虚ろな目をしてロールはクロウリーの袖を離し、床に倒れこんだ。

S局医務室

医者が再び簡易ベッドに横たえられた裸体の上に屈みこむ。医者は患者の胸に耳を当てると、息を殺して心音を聴いた。その傍らでは、看護婦がロールの色を失った唇をガーゼで湿らせている。医者は身を起こした。

「心臓は動いていますが、非常に弱々しい」

　クロウリーは文句を言った。

「十分前にも同じことを聞いたぞ！」

「このままでは回復が見込めません。体内に取りこまれた毒物の量に対し、どれほどの抵抗力があるかにもよります」

「要は、あんたじゃ何もわからんということだな！」

　医者はうんざりしたような素振りを見せた。

「よろしいですか、まだ息があるだけでも望みがありますから！　とにかく、すぐに解毒剤を用意して投与しましょう。あとは見守るしかない」

「そんな見立てで、このわたしが《はいそうですか》とおとなしく引き下がるとでも思ったか！　これよりわたしが治療を施す！」

「何をなさるつもりです？」

　クロウリーは医者と看護婦の腕を摑むと、外へつまみ出した。

「なに、単純なことだ。彼女を呼び戻すのだ」

　クロウリーはひとり医務室に残った。ロールの裸体を覆うシーツを剝がすと、それを三角形に折りたたみ、頂点をロールの秘部に向けて置いた。それから上着を脱ぎ、シャツの腕をまくり上げ、ロールのこめかみに両手をあてがった。

「おお、冥界の神よ、この者の魂を貪ることなかれ。おお、地獄の主よ、不運なる乙女の命を闇に引きこむことなかれ。おお、地底の帝王よ、この者が汝と無縁であらんことを！」

指の下で、クロウリーは脈動を感じた。

「おお、ベリアルよ、この無防備な肉体に飢えたるその爪を突き立てることなかれ。おお、悪霊の頭《かしら》ベルゼブブよ、この者に憑りつくことなかれ。おお、サマエルよ、悪の闇にこの者を突き落とすことなかれ……」

ドアが開いた。解毒剤の小瓶を手にした医者が戸口で立ちすくんでいる。

「どういうつもりですか！　悪魔になんか祈って……」

クロウリーは見下すように医者を眺めた。

「ほう、悪魔に祈るとな？　わたしを何だと思っているのかね？　これだから俗物は困る。いいか、わたしは悪魔に祈ってはいない。直接、対峙しているのだ！」

医者は相手をせずにロールに近づくと、瓶の蓋を外して、中身を口の中に注いだ。

「そんないかさまより、こちらのほうがよっぽど効き目がありますよ！」

「愚か者め。彼女が目覚めたら、それは、わたしに地獄の底の声を聞きわける能力があるからだ！」

「どうかしている！　上に報告しておきましょう。あなたのような人はここにいても、しかたがない。あなたが行くべきは精神病院です」

最後の一言を聞いて、クロウリーは聖水をかけられたかのように後ろに飛びのいた。自分を狂人扱いするとは許せない。クロウリーは左手の人差し指と小指を医者に向けて突き出した。

「この印をもって、サタンが汝の肉体を干からびさせ、その魂を腐敗させせんとすることを……」

突然、激しく咳きこむ声が聞こえ、クロウリーは呪いの文句を中断した。振り向くと、ロールが目を開けて、驚いたようにクロウリーを見ていた。

「何を……しているの、アレイスターさん？」

「いや、何も。断じて何もしておらんぞ。気分はどうかね？」

「体が溶けて、なんだか液体になったような……」

ロールはクロウリーの手を握って尋ねた。

「司令官は今どちらに？」

クロウリーの笑顔が引きつるのを見て、ロールは嫌な予感がした。

「すまんがな、ロール、実はよくない知らせがある。ボスがマルカスの追跡中に銃撃されたらしい。それ以上のことはわたしにもわからんのだ」

「……トリスタンは？」

「ドイツ人に連れ去られて、行方がわからなくなってしまったそうだ」

第四部

《暗がりの中からかつての神々が人間界に戻った。ヒュペルボレオス、ムー、ポセイドニス以来忘れ去られていた神々が、その名を変えるも属性はそのままに還ってきたのだ。古の悪魔もまた舞い戻り、禍々しい生贄の燠火を烈しく煽って、原始の魔術を再び駆り立てた》

——クラーク・アシュトン・スミス（アメリカのＳＦ小説家）
The Dark Eidolon（暗黒の偶像）より

《人間は運命を信じ、神々は己を信ずる》

——『トゥーレ・ボレアリスの書』より

四一

フランス
グヴュー飛行場
ドイツ空軍作戦司令部

気まぐれな夏の風が腹を立てたようにフォッケウルフFw58の機体を激しく揺らす。数百メートル下に見える飛行場灯火のおかげで、パイロットはなんとか針路を保つことができていた。

パイロットが二人の搭乗者に声をかける。

「摑まってください。揺れます！」

トリスタンは天井からぶら下がる革紐を摑み、コンラッドは座席の肘掛けにしがみついた。頭上で明滅するランプが双発機の内部を暗赤色に染める。

トリスタンは窓を覗いてどこに着陸するのか知ろうとしたが、無駄だった。航空機の接近に伴い点灯した滑走路灯を除けば、地表は真っ暗だ。

沈鬱なこの心のように。

今朝は完全にしくじった。もう取り返しがつかない。

間もなく、再び悪の陣営に帰着する。大事な戦利品は勝者の足もとへ。

博物館ではなんとかうまくいったのだ。ドイツ人たちをうまいことまいて、四つ目のレリックを守り抜くことはできたはず。最後に万感の勝利を掴み、自由を取り戻すことも。しかし、運命は違うほうに転がっていった。ヴェネツィアの悪夢、再び。だが、今回はナチスがゲームの勝者となった。何より悪いことに、目の前でマローリーが撃たれた。

マローリー――父の友人。自分の保護者となり、指導してくれた人。そして、レリックの地獄の争奪戦に自分を巻きこんだ張本人。

今朝がたの悲惨な光景が、繰り返し頭の中を過る。マローリーとはろくに言葉を交わすこともできなかった。だが、そのあと、さらに悲惨な話が待ち受けていた。トリスタンとアプヴェーアの連中を現場から連れ出した車の中で耳にしたことだった。仲間の医者のもとに向かう途中、スーザンの容態に半狂乱になったコンラッドが、ＳＯＥのフランス人エージェントの女を拉致し、拷問したことをぶちまけたのだ。それを聞いて、トリスタンはそのエージェントがロールに違いないと確信した。

今、ロールも恐怖のどん底にいるのだ……。

飛行機が待つケントの臨時滑走路に着くまで、トリスタンはずっと脱出する機会をうかがっていた。だが、ついにその機会は訪れなかった。

機体が降下しはじめた。飛行機が墜落して、この忌まわしいレリックが機体もろとも爆発して消えてしまえばいい。搭乗したときから、トリスタンはそうなるように祈り続けた。あるいは、イギリス海峡の真上でRAF《イギリス空軍》の戦闘機に撃墜されても……。しかし、運命はまたもやナチスの計画を後押しするほうに動いてしまった。トリスタンはそっとため息を漏らした。凄まじい突風でさえ、フォッケウルフを打ち負かすことはできそうもない。

「そんな顔をするなよ」向かいに座るコンラッドが怒鳴った。「Fw58は嵐にだって耐えられる。なんてったってドイツ製だからな！」

「神のご加護があらんことを」

トリスタンは心にもないことを言った。激しい揺れに、空っぽの胃袋が引き絞られる。間もなく機体がドスンと地面に接触した。飛行機は三回バウンドしたのち、滑走路の一番奥で止まり、照明が点った格納庫群のほうへ向きを変えた。

トリスタンは窓の外を覗き、視界に飛びこんできた光景に息を呑んだ。そこはただの飛行場ではなかった。周囲には、何百機という軍用機がパレードのように並んでいる。機首の丸いハインケル社製爆撃機Ｈｅ１７７、メッサーシュミット社の最新型重戦闘機Ｍｅ４１０ホルニッセ、ユンカース社の大型輸送機Ｊｕ３９０。まさに空の大艦隊といったところだ。ドイツは新たな対英攻勢を目論んでいるのだろうか。

「ここはどこですか？」トリスタンは不審に思って尋ねた。

「ドイツ空軍《ルフトヴァッフェ》の作戦司令部です」

耳をつんざくようなエンジン音に負けじと、パイロットが大声で答える。

「あなたはこちらの名誉委員であられます」

飛行機は四階建てのコンクリートの建物の前で停止した。建物の上にはレーダーアンテナが設置され、ドイツの国旗が風にはためき、対空砲の周囲を武装した砲兵隊が固めている。巨大な金属のスカラベのように黒光りした前輪駆動車《トラクシオン・アヴァン》が待機しており、その前に正装の将校が二人立っていた。

「名誉委員を迎える歓迎委員か」トリスタンは呟いた。

トリスタンはシートベルトを外し、レリックの入ったアタッシュケースを持った。エンジン音が止み、機体の側面に当たる風の音だけが聞こえる。

「博物館の展示品だかなんだか知らんが、そんな古臭いものが、どうしてあの人たちには大事なのか、教えてくれ」コンラッドが訴えた。「なぜそんなもののためにスーザンが撃たれなきゃならなかったんだよ」

トリスタンは座席から立ち上がった。

「フューラーは、芸術は世界を変えられると思っているのかもしれないな。大砲なんかよりよほど」

「フランス人のユーモアに付きあうような気分じゃないんだ！」

「失礼。これくらいしか取り柄がないもので」

乗降口の扉が開いた。トリスタンは滑走路に飛び降り、コンラッドがそれに続いた。将校の一人が出迎えに来た。もう一人は扉の陰に控えている。二人はヒムラーの使いだろうか。あるいはローゼンベルクか、ゲーレンが寄こしたのだろうか？　もう何が何だかわからなくなってくる。だが、親衛隊指揮官の制服を身につけていたことで、トリスタンは相手が少佐であると知った。

「おかえりなさい、マルカス殿。例のものはどちらに？」

「ここにあります。どちらに預ければいいですか？」

少佐が手を差し出した。

「こちらでお預かりします。滑走路にベルリン行きの飛行機を待機させています」

「わたしは？」トリスタンはアタッシュケースを離さずに訊いた。

「ミッションはこれにて終了です。ヒムラー長官は満足しておいでです。パリで少し骨休めをされるといいでしょう。長官からのご褒美です。あなたには疲れを癒していただきたいとのことです」

トリスタンはホテル・ルテシアに戻るつもりはなかった。みすみすエリカとゲーレンの策略に嵌りに行くような真似はしたくない。

「少佐、わたしは任務を遂行するにあたって、さまざまな危険を冒しました。この手で掴みとったものは自分の手で長官にお渡ししたいのです」

口もとに笑みを湛えながらも、少佐の目は笑っていなかった。少佐は手袋をはめた手をトリスタンの手の上に重ねた。

「マルカス殿、われわれのもとで仕事を続けるおつもりであれば、命令について異議を唱えようなどと考えないことです。アタッシュケースをお預かりしましょう」

トリスタンはしぶしぶ従った。状況を変えられるかもしれないというわずかな希望も、一瞬で潰《つい》えてしまった。少佐はアタッシュケースの中を改めると、満足そうに閉じた。

「そろそろ時間です。係の者が新しい宿舎にご案内します。あなたと同じフランス人ですよ。心ゆくまで休暇をお楽しみください。それにふさわしい働きをなさったのですから」

「自分には楽しんでいる余裕はありません。すぐにロンドンに戻らなければならないのです」コンラッドが言った。

少佐は、はじめてその存在に気づいたかのように、冷ややかな視線をコンラッドに注いだ。

「わたしにではなく、アプヴェーアの上官と相談するように」

そう答えると、少佐は足早に遠ざかり、格納庫の向こうに消えた。

「SSの馬鹿野郎」コンラッドが吐き捨てた。「特権だの、高級住宅だの、あいつらばっかりいい思いしやがって。どうすりゃ、あいつもあんたも殴らずに済むか、知りたいもんだぜ」

トリスタンは相手と少し距離を置き、摑みかかりたい気持ちをこらえた。

「親衛隊の上級将校を侮辱したり殴ったりしたら、死刑だぞ」

「だったら……」

「さあ、か弱い女性の拷問をしに戻ったらどうだ。こっちも忙しいんだ」


十分後、トリスタンは力強い走りで夜の闇を突き進むシトロエンの後部座席でゆったりと座っていた。その隣では、親衛隊の制服を着たフランス人の男が爪楊枝を嚙んでいる。理想的なアーリア人からはほど遠い、およそ隊員らしからぬ容姿だ。小柄で、肌は浅黒く、髪は黒い。その言葉遣いは、将校というよりはごろつきだった。

「俺はジャン・ヴィナス。あんたは？　ヒムラー長官のお気に入りらしいな」

「トリスタンです」

「でもって、あんた、ロンドンから戻ってきたんだよな……。なんていうか……いかした街らしいね。一杯やるかい？　コニャックがあるよ。安もんじゃないぜ。あとは上等なシャンパンもある」

そう言いながら、ヴィナスはポケットから小瓶を取り出し、トリスタンに差し出した。

「ロンドンで何をしていた？　イギリス人をばらしてきたのか？　ド・ゴール派の下衆野郎どもか？」

「飲みものは結構です。イギリスでは大英博物館に行って、その……美術品を手に入れてきました」

「あんた、何をしている人？　絵かきかい？」

「絵や彫刻の専門家のようなものです」

「ちょうどいいや。渡りに船とはまさにこのことだ！　ユダヤ人からかっさらってきたものを見てくれるあんたみたいな目利きが必要だったんだ。それに、金のなる木ならわんさといるからな。あんたは賢い。見ればわかる。なあ、おもしろすぎやしないか。俺はチンピラ。あんたはインテリ。まるで違う二人がヒトラーのために働いている」

相手の揚げ足を取りこそしなかったものの、トリスタンは男の言葉を不審に思った。

「そちらはフューラーのために何をしているのですか？　本来ならば、親衛隊の制服に袖を通すことなどないのでは？」

「いいか、こいつは俺の仕事着なんだ！　さっきの少佐を飛行場まで送るためのね。俺はフランス・ゲシュタポの人間だ。仲間はみんな、美しい祖国の秩序を回復するためにドイツ人に雇われたのさ。秩序の回復ったって、俺らなりのやり方だがね。アンリ・ラフォンとピエール・ボニー警部のことは知っているか？」

「フランス・ゲシュタポ……知りませんでした。ここ数年はほとんど国外にいたので」

「なに、すぐにわかるさ。戦前、ムッシュー・アンリはムショ暮らしの常連だった。俺と同じくな。フランスが占領されると、ドイツ人からレジスタンスとユダヤ人をぶちのめす組織を作る話を持ちかけられた。当局を巻きこむことなく、反乱勢力相手に手を汚す仕事だ。わかるか？」

「なんとなく」

「そこで、ムッシュー・アンリはいろいろなところから人を集めてきた。最初に声をかけたのが、ポリ公のピエール・ボニーだ。仲間うちでも一番堕落しきった男さ。そんでもって俺はといえば、シェルシュ・ミディ刑務所にいたときにムッシューからお呼びがかかったんだ。それからはずっとこの仕事に……」

　トリスタンはあきれ返っていた。これまで親衛隊と紙一重のところにいたが、今度はさらに新たな不名誉を晒すことになりそうだ。

　ヴィナスは上着の胸ポケットからＳＳのルーン文字のある写真付きの緑の小さなカードを取り出した。

「ほら、これは魔法のカードさ。フォッシュ通りの親衛隊情報部が発行した俸給手帳《ゾルトブーフ》だ。これさえあれば、怖いものなし。どこでも出入り自由だ。こいつを見せるだけで、みんな小便ちびらせるぜ」

「まさか……」

「何よりお巡《まわ》りに効く。去年、ヴィクトワール通りの商工信用銀行に押し入って、三百万フランの大金をちょうだいした。占領下で記念すべき最初の強盗だった。で、どうなったと思う？　お巡りに見つかっちまったもんだから、ゾルトブーフを鼻面に突きつけてやったよ。そしたら、奴ら、ウサギみたいにおとなしくなって引っこんだ」

「お見事でした……」

車は森を抜け、しんとした村々を突っ切っていった。空が白みはじめ、インクのような黒がぼやけていく。ヴィナスはコニャックをあおると、小瓶をポケットにしまった。

「あと一時間はかかる。俺らは十六区にある金持ちの家に住んでいる。そこならあんたも落ち着けるだろう。俺らの組織は、ユダヤ人から取り上げた豪勢なアパルトマンを十二も所有している。あんたを降ろすときに鍵を預けるよ。今晩、運転手が迎えに来るから。ご機嫌なパリの夜を満喫してくれ」

「疲れているので……楽しむ気分になれそうもありません」

「馬鹿言うなよ、インテリ！　昼間たっぷり休めるだろうが。絶対に後悔しないって。〈カルラング〉でやるんだからよ」

「どこですって？」

「ああ、そうだった。あんたは別世界から来た人だった。〈カルラング〉てのは、ムッシュー・アンリ邸の愛称だ。ローリストン館、フランス・ゲシュタポの本拠地さ！　月に一度、ムッシューは上流社会の人たちを招くんだ。あんたはついている。招待客名簿にも載っているぜ」

ヴィナスはトリスタンの太ももをぽんぽん叩いた。

「人生捨てたもんじゃないだろ？」

「人生なんてクソくらえだ」トリスタンは疲れた声で呟いた。

四二　ロンドン

ウェストミンスター大聖堂に沿って走る小さな通り、モーペス・テラスに店を構えるヒルデブラント・レアリティ書店。ロールは、ヴィクトリア駅近くのこの高級感漂う地区には足を踏み入れたことがなかったが、古びたその店を見つけるのは十分とかからなかった。いかにもロンドンという感じのこぢんまりした外観である。

書店に向かいながら、ロールはネオビザンチン様式の巨大なカトリック教会から目が離せなかった。赤いレンガと白い石の縞模様がとても印象的だ。そこからわずか数ブロック先には、同じ名前を持つイングランド国教会の寺院があるが、その申し分ないゴシック様式の建造物との違いをはっきり知らしめるような外観にするよう、司教団が建築家に注文をつけたのではないか。そんな気がする。時間が許すなら聖堂内に入り、チェルシーの陸軍病院で死線をさまようマローリーのために、ロウソクに火を灯して祈っていきたいところだが……。司令官に比べれば、自分はまだましだった。運よく毒死を免れ、指を三本傷つけられただけで済んだのだ。

ロールは猛スピードで走ってくるトラックをやり過ごしてから、書店の前の通りを渡った。店の外壁もウィンドーの向こうにぎちぎちに並ぶ文学全集も埃にまみれている。

ロールは、マローリーの秘書から預かったメモ書きを再度確認した。

モーペス・テラス七番地、ヒルデブラント・レアリティ。

間違いない。ここだ。しかし、なんでまたSOE本部はこんな場所に自分を呼び出したのだろうか。

ドアを押すと小さなベルが鳴った。店の中には誰もいないようだ。

「おはようございます。どなたかいらっしゃいますか？」

ロールが大きな声で呼びかけると、棚の後ろからガサガサと物音がして、今にも本の重みで押し潰されそうな二列の棚のあいだから、灰色のシャツを着たラガーマンのような体格の男が現れた。骨格のしっかりした平たい顔は花崗岩《かこうがん》を削ったかのようだ。これ以上奥には行かせないと言わんばかりに盛り上がった胸筋の前で腕を組んでいる。

「棚卸しのため休業中です」書店員はぶっきらぼうに言った。「来月にしてください」

「残念です。友人からこちらにクリスタトスの『危険』の初版本があると聞いたのですが」

「挿絵入りのほうですか？」

「ええ、ヤロスラフ・ホラックの挿絵です」

何のことかさっぱりわからないまま、教わったとおりに合言葉を伝える。はたして実在する作品と作家なのだろうか。すると、魔法がかかったかのように、書店員がさっと道を開けた。

「レジ横の通路の先に倉庫があります。そこにいる同僚から話を聞いてください」

詮索するような視線を感じながら、ロールは書店員の脇を抜け、前室のような部屋の前まで来た。二人の男が錆びかけた椅子に腰掛けて入口を警備している。およそ書店員らしからぬ二人組は短機関銃を肩から斜めがけしていた。ロールは二人の前でSOEの身分証をかざした。

「九時にここに来るように言われました」

「お待ちください」

一人がそう言い、もう一人が手書きのリストを確認する。

「はい、結構です……」警備員は満足げに口もとをわずかにほころばせる。「こちらへどうぞ」

そう言いながら警備員は鉄扉を開け、白熱灯で照らされた廊下を先導する。

「ここはどこですか?」ロールは尋ねた。

「お教えできないことになっています」

ガードマンの答えは素っ気なく、ロールは口をつぐんだ。

やがて、廊下とガラスで仕切られた広々とした部屋に出た。中では、制服を着た二十人ほどの男女が忙しなく立ち働いている。レンガの壁は地図で埋め尽くされ、机の上にはさまざまな色の電話機が置かれている。作戦本部のようだ。ガラス沿いに歩いていくと、突然白い煙が部屋に充満しはじめた。天井から煙が渦を巻いて流れこみ、あちこちでけたたましくベルが鳴り響く。ロールはその場に立ちすくんだ。部屋の中の男女は即座に戸棚に向かい、驚くほど落ち着いてマスクを被った。それから静かに一列に並び、一糸乱れずに部屋から出てきたかと思うと、一分後には廊下の奥に消えていた。

「どうしたのですか？」

「毒ガス攻撃の避難訓練です。この部屋は、作戦執行部で働くチームの訓練センターになっています」

ガードマンはロールを窓のない小部屋に案内した。部屋にあるのは金属製のテーブルと向かい合わせに置かれた二脚の椅子だけで、その片方には四十代くらいの男が座り、膝の上のファイルに見入っている。斜めに被った帽子の陰になって、顔の右半分がよく見えない。

「おはようございます、ロール。どうぞお掛けください」

男は顔を上げずに言った。

ロールは椅子に腰を下ろした。ＳＯＥでは見かけない顔だ。といっても、ＳＯＥでは大勢の人間が働いているが……。

「ここはどこですか?」ロールは不安になって訊いた。

「オーキッド・センターです」

男は相変わらず書類に目を落としたまま答えた。「ベイカー街にある作戦執行部の場所はすでに敵に知られていますから、用心するに越したことはない」

「あなたは?」

「名前はありません。少佐と呼んでください」

男はそこではじめて顔を上げた。悲しいくらい生気のない目だ。深く落ち窪んだ眼窩《がんか》からほとんど白に近い淡青色の瞳が覗いている。ロールは、斜めを向いた男の顔の右側が地盤が陥没したように窪んで変形していることに気づいた。男は帽子でそれを隠そうとしていたのだった。

「あなたのファイルをじっくり読ませてもらいました」名前のない男が言った。「わたしと共通点が一つあります」

「共通点?」

少佐は明かりのほうに顔を向け、変形した頬を人差し指で軽く叩いた。

「わたしたちは二人とも毒リンゴをかじりました」

「どういう意味でしょうか」

「青酸カリのカプセルです……わたしも、フランスでゲシュタポに拘束されたときに使用しました。すぐにドイツ人たちが吐き出させたようですが、口の粘膜と頰の筋肉をやられてしまいました。別に嘆いてはいません。わたしは幸運でした。フランスのレジスタンスに救い出されたのですから……」

　ロールは何と返していいのかわからず、ただ相手の半分崩壊した顔をじっと見つめていた。

「あなたの場合は、わたしよりもさらに運がよかった」少佐はファイルをテーブルの上に置きながら話を続けた。「敵からは逃れられ、毒物の効き目が表れるほどのこともなかった。スパイ稼業において、運がいいというのは重要な要素です。周りのエージェントたちには幸運であってほしいものです」

「失礼ですが、わたしはここで何をすればいいのでしょう。わたしはマローリー司令官率いるS局の人間ですが」

　少佐は首を横に振った。

「大英博物館での大失態を受け、S局には活動停止処分が下りました。その使命にもはや意義はなく、マローリー司令官は動ける状態にありません。あなたにはフランスでの作戦を担当するF局に異動してもらおうかと考えています。現地に派遣する女性エージェントが極端に不足していますからね。わたしはあなたを評価するためにここに座っているのです」

「司令官と会わせていただけませんか?」

「無理です」

「同僚のアレイスター・クロウリーはどうしていますか?」

「ああ……あの魔術師ですか」少佐は苦笑いを浮かべた。「地方の特別療養施設で静養してもらっています。あとのことは精神科医たちに任せてあります。マローリー司令官の人選には首を傾げざるを得ません。あのオカルトの専門家は、明らかに人格障害を患っています。電気ショック療法か何かで正気に戻るかもしれませんが」

「あの人にわたしは助けられたんです! もっと温情を示してもよさそうなものですが」

「温情は、われわれの稼業にはなかなか手が出せない贅沢品です」

「そのようですね」

ロールは包帯を巻いた手を振ってみせた。

「それに、異動について、こちらの意思を確かめようともしないし。今回の拷問でわたしがスパイ活動はもう懲り懲りだと思っているとは考えませんでしたか?」

少佐はまったく表情を動かさず、昆虫でも観察するような目でロールの手を眺めた。

「医師の診断では、三か月もすれば指は元どおり動かせるようになるとのことです」

「わたしが話しているのは心の問題です。あの地下室で、わたしは死を覚悟しました。あんな経験はもう二度としたくありません!」

「祖国を救いたい。その熱意はもう消えてしまいましたか？　この仕事のあなたの志望動機は、何よりもそれだったはずです。あなたはヴェネツィアに派遣され……」

「冗談じゃありません！」ロールは遮った。「妄想を追いかけて時間を無駄にしただけですから」

少佐は頷くと、ファイルを小脇に抱えて立ち上がった。

「考える時間を差しあげましょう。結論が出るまでは、あなたをベイカー街の管理部門に配属します。職員の一人が産休に入るため、代替要員が必要なのです」

ロールは再び包帯の手をちらつかせながら、自嘲気味に笑った。

「あらまあ……こんな手でもタイピストをやらせてもらえるんですか。ずいぶんわたしのことを買ってくださったようで。今後はタイピストの第一人者を目指して精進します」

「タイプ打ちはしなくていい。やってもらうのは、ヨーロッパ各地の作戦を支える兵站業務です。あなたには作戦の計画に参加してもらいます。しばらくしたら、きっと気が変わるでしょう」

「変わらないと思います」

「でしたら、あなた抜きでこの戦争に勝つまでです」

四三

パリ
ローリストン通り九三番地
ローリストン館

金ピカのサロンでは、制服姿の給仕たちが上流階級の招待客のあいだを優雅に泳ぐように動き回っていた。フランス人はタキシード、ドイツ人は軍の正装、女性はイヴニングドレス。いつものようにムッシュー・アンリはパリ中のコラボの名士を招待していた。

野心を燃やす高級官僚、熱狂的な親独派のジャーナリスト、闇市で財を成した実業家、ドイツ国防軍《ヴェアマハト》や親衛隊の上級将校、駆け出しの女優、大物売春婦、パトロン募集中の高級娼婦。

〝シャンパンとソーセージの麗しき集い〟——仏独協調に眉をひそめるパリ市民のあいだでこの晩餐会は、そう揶揄されている。

深紅のバラと純白のユリの巨大な花束で飾られたステージの上では、十人編成のオーケストラが、ドイツ軍に接収されたラジオ・パリが流す流行歌を演奏している。

トリスタンはシャンパングラスをすばやく摑むと、反感を持ちつつも周りの華やかな世界に見とれた。市民がずっと配給制度に耐え続けているというときに、まさかこんなに贅沢な晩餐会が催されているとは思いもよらなかった。

ラメを散りばめたシルバーとエメラルドのドレスをまとった二人の美女が、科《しな》を作りながら歩いてきた。茶目っ気のある口もとをしたブルネットのほうが、媚びた目つきでトリスタンを見る。女は連れに耳打ちすると、向きを変え、ダンスフロアのほうへ去っていった。

トリスタンは女から目を離し、豪華なビュッフェに近づいた。シーフードの盛り合わせ、銀の長い皿に山と盛られた分厚いローストビーフやジビエ料理が並んでいる。給仕係がにこやかに付け合わせを載せた皿を差し出す。

トリスタンは迷わず皿を受け取った。空腹で死にそうだった。今朝早く、ヴィナスにモーツァルト通りの豪奢なアパルトマンを案内されたあと、ベッドに倒れこみ、夕方まで一度も目覚めることなく眠りこけたのだった。そして、目が覚めるとシャワーを浴び、自分の置かれた状況について考えてみた。建物を監視されている様子もなく、行動は制限されていないようだった。夕方、運転手が戸口にタキシードを届けに来て、そのあとローリストン館まで連れてこられたというわけだ。

館の中に入るのにためらいはあった。ゲシュタポの本部に足を踏み入れることに強い抵抗があったからだ。だが、もしかしたら親衛隊に自分の忠誠心を試されているのかもしれないと考え、受け入れることにした。どう足掻いたところで自分はベルリンからの指示を待つ身だ。もう連中からは必要とされていない。レリックの探索は終わっている。いつ弾丸を頭に撃ちこまれてもおかしくないのだ。

疲れきった心に、ふとエリカの顔が浮かんだ。ゲーレンを通して、自分が今どこにいるかは知っているはずだが、向こうからはまだ連絡がない。再び親衛隊の手に落ちた今、エリカは最大の脅威となった。保身か嫉妬か、動機は何であれ、エリカはいつでも自分を告発することができる。だが、その一方で、彼女はまだおまえを愛しているぞと囁く声がする。

改めてあれこれと考えをめぐらすうちに、トリスタンは迫害妄想に陥りそうになっていた。

一瞬、トリスタンはオラトワール・デュ・ルーヴル教会の地下組織に再度接触して、ロンドンにメッセージを送ろうかと考えた。しかし、何を伝えればいいのか？　レリックはベルリンに送られてしまいましたと？　結局自分はしくじってしまいましたと？

自分は肉屋にとってのミシンと同様、役に立たない人間になってしまった……。

オーケストラが、装飾過剰のシャンデリアや内装に不釣り合いなミュゼットを演奏しはじめた。トリスタンは気にも留めずに、肉汁たっぷりの仔牛のローストを頬張っていた。

「よう、ヒムラーのお気に入り、調子はどうだい？　一人ぼっちでいるなよ！」

トリスタンが振り返ると、ジャン・ヴィナスが立っていた。自分より頭一つ背の高い、ブロンドの若い女を連れている。

「俺のダチのトリスタンを紹介するよ。こう見えて、こいつは絵や彫刻の専門家なんだ」

「あら、かわいいじゃない」女が甘ったるい声で囁いた。「独身のお友だちに紹介してもいいかしら……」

「しかも、ベルリンではどこでも顔が利くんだ。ヒムラーっていう親衛隊のものすごく偉い親分に直接お仕えしているんだぞ」

「いや、それは言いすぎでしょう……」

突然音楽が止まった。恰幅のいい男がステージに上がり、脂ぎった顔に汗を光らせて銀色のマイクの前に立った。会場の視線が一斉に男に注がれる。

「あれがムッシュー・アンリだ」ヴィナスが小声で言った。「すごい人だよ！　見てみろ。あの腰抜けどもがみんな、尻尾を振ってやがる。あれでわずか二年前までは、シェルシュ・ミディ刑務所の独房にいたっていうんだからな」

フランス・ゲシュタポのボスは満面の笑みを浮かべながら両手を高々と掲げた。

「皆さま、しばしご静聴願います。はじめにドイツ帝国大使オットー・アベッツ氏に感謝申し上げます。この会にご参席いただけましたことはこの上ない光栄であります」

角張った顔をした金髪の男が、一礼して拍手に応える。

「そして、たいへん喜ばしいことに」ラフォンが続ける。「たいへん喜ばしいことに、フランスが、ドイツの人種政策に追随し、大きな一歩を踏み出しました。ご存じのように、この六月、ペタン元帥は、老若問わずすべてのユダヤ人にその忌むべきシンボル、黄色いダビデの星を身につけることを義務付けるという、すばらしい法律を公布したのです。さてさて！　善は急げと申します。皆さまの中にタキシードの襟もとに黄色い星を縫いつけたいというかたがおられましたら、割引価格でご提供いたします。わたしはそのマークを縫製する会社に出資したのです。会場出口で見本をお配りいたしましょう」

ラフォンはしばらく沈黙して会場の反応を見てから、満足したように笑いだした。

「いえ……冗談です」

どっと笑いの渦が広がり、招待客たちはホストのユーモアに喝采した。

「また、皆さんとは七月十六日という日をともに祝いたく思います」さらにラフォンは続けた。「さる七月十六日にユダヤ人が大量に検挙され、冬季自転車競技場《ヴェロドローム・ディヴェール》に収容されました。この場におられる警察長官には敬意を表します。ムッシュー・ルネ・ブスケ！　ご存じないかたもいらっしゃるかもしれませんが、こちらのブスケ氏こそ、二週間前のあの目覚ましいユダヤ人大量検挙の指揮者なのであります」

褐色の髪をした細身の伊達男に全員の目が向けられる。男はホストに向かって杯を上げた。

「われわれは、事あるごとにナチス・ドイツを正当に称えてまいりましたが」ラフォンが再び口を開く。「今回、わが国の手腕を誇りに思います。ブスケ氏によりますと、一万三千人以上のユダヤ人の男、女、子どもを二日間で検挙したとのこと。この調子でいけば、フランスにおけるユダヤ人問題は、年末には解決を見るでしょう。すべては、社会の屑の連行に尽力された数多の警察官と憲兵のおかげです。この場で、彼らの献身と勇気に敬意を表しましょう！」

「そのユダヤ人たちは、どこに行ったのかね？」先の垂れた口髭を蓄えた老紳士が声を上げた。「エルサレムに送り返したわけではなかろう？」

「全員列車に乗せられ、ポーランドの強制収容所へ送られました。そこで、労働の味と空気のうまさを覚えることになるでしょう。収容所への送致については、クノッヘン大佐、あなたのご担当になるかと。そうでしたね？」

　パリで保安警察司令官を務める丸顔の親衛隊将校が笑顔で答えた。

「ええ、そのとおり。彼らはすでに、オランダとベルギーで一斉検挙された仲間と顔を合わせていますよ。皆さんのご想像に反し、われわれ国家社会主義者は繊細さと詩心《しごころ》を持ちあわせているものですから、今般のユダヤ人一掃作戦を〈春の風作戦〉と命名していま す。この風が次々と吹いて、帝国の敵が永遠に一掃されることを期待しましょう」

クノッヘン大佐の口上が終わると、さらに大きな拍手が響きわたった。トリスタンは背筋が凍りついた。東欧の強制収容所の実態を仄めかす話はベルリンやヴェヴェルスブルク城で幾度となく耳にしており、そのたびに言葉を失ったものだ。収容所でユダヤ人を待ち受けている運命は、今や親衛隊幹部のあいだで公然と語られるようになっているのか。

その場で胸のむかつくような話を聞いていることに、トリスタンは嫌気がさした。人間の皮を被った悪魔たちの集いから一刻も早く解放されたかった。彼らと同じ空気を吸うことさえも苦痛だった。

ラフォンがステージから下りて招待客の輪に入ると、オーケストラが『リリー・マルレーン(注1)』の物憂げなメロディーを奏ではじめた。招待客が男女でペアを作り、ダンスフロアに進み出る。

トリスタンは客たちのあいだをすり抜けて、出口へ向かった。途中、大量検挙の指揮をした警察長官の横を通りかかった。長官の隣には、がっしりとした体軀の男がいた。口髭を生やした顔に厳しい表情を浮かべている。

「ダルナンさん(注2)、やはり、ナチス大聖堂の要石《かなめいし》は親衛隊ですよ。ヒムラー長官と親衛隊がいなければ、建物は崩壊し、フューラーは玉座から転落するでしょう。ヒムラー長官は今や全警察・諜報組織を掌握し、帝国の産業を牽引し、武装親衛隊により軍の一部まで支配しています。親衛隊は国家の中の国家であり、政権の人種政策の先頭に立っています。ヒムラー長官は指導者以上の存在と言えるでしょう。神秘主義の思想家でありながら高度な専門知識を持つ行政者でもある、唯一無二の男です。ユダヤ人問題の最終的解決がそれを物語っています。すべて彼が生み出したものです。収容所、国外追放、占領国の人種法、財産の没収……」

「あなたはフューラーのカリスマ性をお忘れのようだ。民衆を惹きつけているのは彼ですよ」

「ええ。しかし、ヒムラー長官が秩序を維持していなければ、今頃大混乱に陥っているでしょう。わたしは毎日のように親衛隊員と仕事をしていますが、彼らは自分たちのことをドイツの真の支配者だと考えているようです」

「そうかもしれません……しかし、彼らとて無敵ではありません。ハイドリヒがチェコで暗殺されたあと、どうなりました？　ドイツ国民は足場を失いかけました。親衛隊の影響力は諸刃の剣のようなものかと。もし、ヒムラー長官の身に同じことが起きた場合、はたして親衛隊は再出発できるのかどうか。ドイツ国防軍《ヴェアマハト》の将校たちに呑みこまれてしまうのではないでしょうか」

「長官に万が一のことがあったら、〈春の風作戦〉にも歯止めがかかることは間違いないでしょう」

「では、ヒムラー長官の健康を祈るしかないですな。フランスにはぜひとも『タルムード』の民を完全に排除していただきたいものです」

二人の会話を聞いていて、〝ユダヤ人問題の最終的解決〟という言葉にトリスタンは胸糞が悪くなった。どうやら反ユダヤ病という伝染病は、感染者から正常な思考を奪うものらしい。

それにしても、〝ナチス大聖堂の要石〟とは。

ブスケの表現は言い得て妙だ。長らくヒムラーのそばにいた自分には、その恐るべき影響力が嫌というほどわかっている。

ブスケの言葉がいつまでもトリスタンの頭の中をぐるぐると回っていた。

出口まで来たところで、トリスタンはヴィナスと鉢合わせた。

「ボスのスピーチは気に入ったかい？」

「ポーランドに送られたユダヤ人が、うまい空気を満喫しているなんて信じられません。東欧の強制収容所では、ユダヤ人の大量殺戮がおこなわれているという噂です」

ヴィナスは肩をすくめた。

「その噂は少し大袈裟なんじゃないのか？　特に、女や子どもまでっていうのは考えられんし……。だがよ、俺らみたいな仕事はいちいち感傷的になっていたら始まらねえからよ！　さあ、インテリ、もっと夜を楽しめよ。ほら、あんた、エウフロシネ公爵夫人のお眼鏡にかなったようだぜ」

見ると、ビュッフェの向こう側から銀のドレスをまとった男好きのするブルネットが、悩ましげにこちらを見つめている。

「本当に貴族なんですか？　それとも渾名ですか？」

「生粋の貴族もいれば、そうじゃない娘もいるぜ！　金に困った公爵夫人や侯爵夫人、男爵夫人なんかが働く小さなクラブから呼んでいるんだ。彼女たちは俺らを上流社会に誘《いざな》い、帝国への奉仕としてペチコートをまくり上げる。人呼んで〈ゲシュタポの伯爵夫人〉だ。あの娘を紹介してやろうか？」

「いえ、結構。もう失礼します。明日ヒムラー長官からドイツに呼び戻されても平気なように、もう休みます」

「つまんないお友だちね。ねえ、彼のことはほっといて、踊りに行きましょうよ」

ブロンドの女が中に割って入り、ヴィナスの袖を引っ張る。

女の声はもはやトリスタンの耳に入らなかった。そんなことより、暖炉のダクトを伝って聞こえてくる喉を締めつけられているような呻き声が気になっていたのだ。

「おかしい。壁の奥から悲鳴のようなものが聞こえる」

ヴィナスはため息をつくと、女を押しやった。

「ミミ、ダンスの相手なら皿の上のザリガニでも誘ってくれ。ちょっと面倒が起きたんだ」

それからヴィナスはアンリ・ラフォンのもとに足早に近づくと、耳もとで何か囁いた。

ラフォンは苛立ったような表情を浮かべると、オーケストラの指揮者に向かって手を上げた。さっそく『リリー・マルレーン』の緩やかな旋律が賑やかなウィンナ・ワルツに変わる。

ヴィナスは戻ってくると、トリスタンをサロンの外に連れ出した。

「帰る前に、舞台裏を見ていけ。俺はあんたに天国の扉を開いてみせた。今度は地獄の扉を開いてやろう」

四四

ロンドン
ルイスハム
ウィットバーン・ロード

コンラッドはもと来た道を引き返した。鍵か身分証か、落とし物を探すようにずっと地面に目を凝らし、ゆっくりと歩く。やがて立ち止まり、歩道に屈んで何かを拾い上げた。しかし、その手には何も握られていなかった。

辺りは暗闇に包まれているのに、わざわざそんな小芝居をしたのは、あとをつけられていないか確かめるためだった。コンラッドは壁にもたれかかると煙草に火を点け、周囲の窓一つ一つに目を光らせた。窓の向こうにマローリーの部下たちが張りこんでいて、ハゲワシの群れのようにいつ襲いかかってこないとも限らない。

一通り確認を終えると、コンラッドは安心して六二番地のドアのベルを鳴らした。表札は医者の住居であることを示している。ゆっくりと開いたドアの隙間から髪の薄い年配の男が顔を出し、コンラッドを中へ招き入れた。

「こんばんは、コンラッド。奥さんは二階で休んでいる。来てくれてよかった。奥さんが首を長くしてきみの帰りを待っていたからね」

コンラッドは医者のあとから、がたつく階段を上がっていった。ここに来るのははじめてではない。以前より親ナチ派だった医者はアプヴェーアの地下組織の一員で、診療室は稼動中の工作員の一時的な隠れ処の役割を果たしていた。しかし、今回はスーザンを治療する必要があったため、本来の診療室として使われている。

「どんな具合ですか?」コンラッドは尋ねた。

「思わしくないな。モルヒネを打ってある。痛みがひどいようでね。何発も被弾して、しかも傷が深い。体内に弾が残っていて、三つは摘出できたが、心臓の近くに入りこんでいるのが取りきれなかった。本来なら外科手術を受けさせたいところだが……」

医者は言葉を切るとコンラッドの肩に手を置いた。

「……こういう場合の処置はわかっているね」

「わかっています。俺たち工作員は敵国の医療機関にかかることを禁じられています。俺は過去にも経験がありますから。ほかに何か手立てはありませんか? 俺が乗ってきた飛行機でフランスに運んでもいいですか?」

医者は首を横に振った。

「移動に耐えられんだろう。すまん、きみたちの関係を知っているだけに、残念でならない……」

「俺はあなた以上に残念です……」

コンラッドは屋根裏部屋のドアを押した。薄暗い部屋には強い消毒液の臭いが漂っていた。ベッドの脇に置かれたバケツの中には、汚れたガーゼとボロボロの包帯が山になっている。コンラッドは恐る恐る妻の枕もとに腰掛けた。

スーザンはベッドの上で石のように動かなかった。血の気のないやつれた顔をしている。うっすらと目が開いたように見え、コンラッドはスーザンの手を握った。氷のように冷たい。

さすがのコンラッドも今度ばかりは打ちのめされていた。

敵に発砲したことは後悔していない。しかし、あのときから運命の歯車が狂いだしたのだ。今や死神が情け容赦なく妻に大鎌を振り下ろそうとしている。コンラッドは怒りと無力感に囚われ、大声で叫びだしそうになった。自分たちがこんな目に遭わされたのも、あの憎きレリックのせいなのだ。

スーザンの手がコンラッドの手を握り返した。

「コンラッド……あんたなのね?」

「わたしは下にいるから」医者が戸口から声をかけた。「何かあれば呼んでくれ」

コンラッドはスーザンの燃えるように熱い額に手を当てた。

「もう離れないから。心配ない。きみのおかげで、ミッションは成功したよ」

スーザンは悪い知らせを聞いたかのように悶えると、いきなり頭を起こし、目をかっと見開いた。そして、コンラッドの手首を摑んで訴えた。

「違う……あたしたち……騙されていた」

「え、誰に？」

スーザンは、息も絶え絶えに言葉を絞り出した。

「トリスタン……道で……倒れた……イギリス人が……あいつのこと……知っていた……二人は……グルよ……」

コンラッドは言葉を失った。自分たちは騙されたあげく、スーザンは命まで失おうとしている。

「ベルリンに知らせて……すぐに……あいつは裏切り者……」

四五

パリ
ローリストン通り九三番地
フランス・ゲシュタポ本部

トリスタンはヴィナスのあとについて廊下を進んだ。半開きのドアの前まで来ると、ヴィナスは立ち止まった。

「〈青の部屋〉だ……ここは天国さ」ヴィナスが囁く。「目の保養でもしておくんだな」

トリスタンは中を覗きこんで啞然とした。天蓋付きのベッドの上で、複数の男女がさまざまな体位で絡みあい、快楽を貪っている。床の上では、親衛隊のケピ帽を被った女が豊満な乳房を揺らしながら、ペルシャ絨毯の上に寝そべる二人の男にシャンパンを振りかけていた。女はトリスタンの視線に気づくと、誘うように目配せした。

トリスタンは首を引っ込めた。ヴィナスが卑猥な笑みを浮かべている。

「お望みなら、公爵夫人を呼んで乱交に参加してもいいんだぜ。あの娘《こ》はそういうのが大好きだから」

「お構いなく……。先ほど声が聞こえたのはこういうわけだったのですね」

ヴィナスは首を横に振った。

「いや、そうじゃないんだ。ついてきな」

二人は地下へ続く階段を下り、大きく開放された鉄の扉の前に出た。

「マンモスの奴、また閉めるのを忘れやがったな」ヴィナスが毒づきながら振り向いた。

「いいか、これが地獄の扉だ……」

鋭い叫び声が響き渡った。ヴィナスに促され、中に入ると、そこは奥行きのある地下室で、灰色のコンクリート壁はところどころ水がしみ出て緑がかっていた。部屋の中央には浴槽が埋めこまれ、その向こう側に、拷問台に縛りつけられた男性の姿が見える。男性の前には三人の男が立っていた。男性の顔はずたずたに切りつけられて血まみれだった。拷問者の一人が、カミソリの刃が付いたヘラをくるくると回転させている。

部屋の反対側からすすり泣きが聞こえた。床に二人の女性が横たわっている。

「アベル」ヴィナスが怒鳴った。「何べんも言わせるな。扉は閉めておけと言っただろう。上でボスがパーティを開いているんだぞ！」

ヘラを回していた大男が振り返った。その顔には深い傷痕が走っている。

「すみません。このユダヤ人が仲間の美術商の名前を吐こうとしないもんですから。埒が明かないんで、そろそろ母ちゃんと娘っこのほうに移ろうかと」

「本当です……何も知らないんです……お願いです、助けてください」

哀れなユダヤ人が懇願する。トリスタンは不安げに女性たちのほうを見やった。

「まさか、女性を拷問にかけはしませんよね？」

ヴィナスが肩をすくめる。

「場合による。たいていは男がその前に口を割って、それ以上手を下す必要はないんだが、そうじゃないときもある」

「しかし、あの男の話が嘘ではなく、本当に何も知らないのだとしたら？」

「まあ、運が悪かったってことだな……。俺は女には手を出さない。だが、アベルのマンモス野郎はそれが楽しみでね。同胞のドイツ人たちのやり口さ。美術品を隠し持っているレジスタンスやユダヤ人を饒舌にするのに、それ以上の方法はない。この方法はあんたのお友だちのヒムラーさんが考え出したって噂だ」

「お友だちとは違いますけどね」

トリスタンはむっとして言い返した。思えば、自分が見聞きしてきた恐怖はすべて、ヒムラーという邪悪な人物に端を発したものではなかったか。

ユダヤ人の男性はむせび泣いていた。

「彼らはどうなるんですか？」トリスタンは胸のむかつきをこらえながら尋ねた。

「男が協力を申し出るならスパイとして徴用し、女たちは家に帰す。女房子どもが生かされている限り、無言の圧力をかけることができるからな。拒否したら、目の前で女房も娘も慰みものにしたうえで、全員セーヌ河に沈める。両足に鉄の重りを括りつけてな」

トリスタンは目を逸らさずにユダヤ人を見つめ、それから、恐怖におののく二人の女性のほうをじっと見た。

心の中で火花が弾け、怒りがめらめらと燃え上がった。怒りの炎は全身を包み、迷いの兆候も落胆の跡も一気に消し去った。気の毒だが、自分にはこの一家を救うことはできそうもない。けれど、どうすれば諸悪の根源を断ち切れるかはわかる。そんなわかりきったことに、なぜこれまで気づけなかったのか。もっと早く気づくべきだったのに……。そうか、今再び、運命が自分を立ち直らせようとしているのだ。そうに違いない。

「よくわかりました。とても参考になりました」


トリスタンはロボットのようにヴィナスのあとをついて、地獄の地下室を出た。乱交パーティーが繰り広げられている部屋の前を通ったとき、〝天国〟が実は〝地獄〟の真上にあったことに気づかされた。トリスタンは拳を握り締め、先を急いだ。

サロンの入口を素通りしようとすると、親衛隊の大尉に呼び止められた。

「マルカス殿、ベルリンのヒムラー長官より緊急のお電話です。ラフォン氏の秘書室に電話が繋がっています。ご案内しましょう」

トリスタンは首筋がぞくりとするのを感じた。ここでまた、運命が何かを仕掛けてくるらしい。ヴィナスがヒューと口笛を鳴らす。

「こいつは驚いた。ヒムラーさんから直々に電話がかかってくるなんて。俺のことも話しといてくれよ。アーリア人の中のアーリア人だってな」

「忘れずに伝えますよ」


トリスタンは大尉に続いて秘書室に入り、ドアを閉めた。

受話器を耳に当てると、馴染みのある女性の声が聞こえた。

「おめでとう。ついにレリックを見つけたわね」

エリカ・フォン・エスリンクだ。

「さっきアーネンエルベに届いたところよ。今、目の前にあるわ。でも、なんだか不思議な感じ。このレリック自らエネルギーを発しているみたい。手に取ったとたん、意識を失いかけたのよ。まあ、たいしたことはなかったんだけど。とにかく、今日はドイツ帝国にとって記念すべき日ね」

「きみは嬉しいだろうが、こっちはそんな気分じゃない。今、地下の拷問部屋から出てきたところでね。気の毒な男性が妻と娘の前で拷問を受けていたんだ」

「そうとは知らず、悪かったわ……。でも、あなたにいい知らせがあるの」

「いい話なら、すぐに聞かせてもらいたい気分だよ」

「一週間後に今回のレリックの到来を祝う特別な式典が催されることになったのだけど、ヒムラー長官にあなたを出席させてほしいとお願いしたの。そんなことくらいなんでもないわ。レリックがドイツのものになったのは、あなたのおかげですもの。その式典で、長官自らあなたに一級鉄十字勲章を授与なさるそうよ」

長い沈黙が流れた。

「聞いている？　トリスタン？」

トリスタンは心臓が跳ね上がるのを感じていた。レリックに近づくチャンスだ。いや、それはもう最重要事項ではない。狂宴、堕落、非道、乱交、拷問を目の当たりにした一夜が、トリスタンの目を開かせていた。

「うん……。きみに会うのが待ち遠しいよ。場所は？」

「バルト海にあるデンマーク領の島、ボーンホルム。そこにアーネンエルベの支部ができたの。飛行機を手配しておくわ。それと……あなたに会いたいわ」

「俺もだ。エリカ、俺は……」

言い終わらないうちに、電話は切れてしまった。

頭をフル回転させながら、トリスタンは秘書室を出た。壮大なゲームがまた始まろうとしている。今度ばかりは、解決策も見えている。そして、ゲームのイニシアチブは自分が握るのだ。

サロンに続く廊下で、トリスタンはアンリ・ラフォンとヴィナスが話しこんでいるところに出くわした。ヴィナスが互いを紹介すると、ラフォンが手を差し出した。嚙まれたら死に至る毒ヘビを摑むように、トリスタンは相手の手を握り返した。

「ヒムラー長官から直々に電話があったそうで」

一瞬トリスタンは話を逸らそうとしたが、思い直した。

「はい。一級鉄十字勲章をいただけることになりました」

ラフォンがヒューと口笛を鳴らした。

「おたくはかなり顔が利くようだが。わたしも勲章の一つくらい胸に付けてみたいものだ。二級でもいい。ドイツの友人たちに一泡吹かせてやりたいんでね」

トリスタンは笑顔を作ったが、ほとんど苦笑に近かった。

「なんとか掛けあってみましょう……」

「欲しいものがあれば何なりと言ってくれたまえ。金、女……わたしの愛人でも」

「どうぞお気遣いなく。ただ、地下室に拘束されている一家を解放してもらえませんか。そして、二度と彼らに関わらないと約束してほしいのです」

ラフォンは眉をひそめてヴィナスのほうを見た。

「なんのことだ？」

「なに、ユダヤ人の雑魚どもですよ。マンモスが、絵を隠し持っている美術商のことをそいつが知っているはずだって言い張るんです。ですが、どうやら見当違いだったようで……」

ラフォンがトリスタンを探るような目で見た。

「なぜ彼らを解放してほしいのかね？　まさか善意からではあるまい。ヒムラーのお気に入りがユダヤ人一家の行く末を案じるわけがないからな」

「あの人とは面識があるのです」トリスタンは出まかせを言った。「戦前、わたしが警察と一悶着起こしたとき、窮地から救ってくれたのです。あの人のおかげで臭いメシを食わずに済んで……」

ラフォンはみるみるにこやかになった。

「なるほど、恩義があるというわけか！　で、わたしはおたくのボスから鉄十字勲章をもらえそうかね？」

「確実にお約束しますと言ってしまえば、聡明なあなたに対して無礼を働くことになります。せめて、あなたのご要望が優先されるように取り計らいましょう」

ラフォンはトリスタンの肩をぽんぽんと叩いた。

「よしきた！　ヴィナス、すぐに彼らを解放しろ。ちゃんと詫びも入れておくんだぞ。心配させないように、少し小遣いを持たせてやるといい。ではこれで、わたしは〈青の部屋〉の友人たちのところに行く」

　ラフォンは満足げに巨体を揺すりながら去っていった。

「家に帰るなら車を回そうか？」ヴィナスが尋ねた。

「いや、気分転換に外の風に当たりながら帰りますよ」

「また明日だな？」

「また明日。おやすみなさい」

　トリスタンはヴィナスに挨拶して、ラフォンの邸宅をあとにした。

　今やトリスタンの頭を占めているのはただ一つ、何をおいても自ら決意した使命を首尾よく成し遂げることだった。だが、そのためにはロンドンに知らせなければならない。トリスタンは歩を速め、オラトワール・デュ・ルーヴル教会の地下組織がまだ機能していることを祈った。

　ひんやりとした風が頰を撫でる。心はかつてないほど澄み切っており、活力に満ちていた。正直、ロンドン本部の作戦が間に合うかどうかはあまり問題にしていない。今、何が重要なのかはわかっている。もはやレリックが重要なのではない。運命は、第一級のコラボをずっと装ってきたトリスタンを指名したのだ。ただ一つの目的のために。

　ヨーロッパ中を恐怖で支配する親衛隊という巨大な怪物を退治しなければならない。もっと早くに着手すべきではあったが……。

今思えば、ブスケとダルナンの会話は天からの啓示だった。

ヒムラーを闇に葬るべし。

昨年、ヴェネツィアでヒトラーを抹殺するまたとない機会があった。毒蛇の息の根を止める絶好のチャンスだった。ところが、土壇場で迷ったあげく、結局レリックを持ち去ることになってしまったのだ。

あのときの判断は間違っていた。取り返しのつかない間違いだった。

二度と同じ過ちを犯してはならない。

ヒムラーにはヒトラーの代償を払ってもらう。いや、二人の犯したすべての罪を償わせるのだ。

カウントダウンは始まっている。七日後、ボーンホルム島で――。正確に言えば、ヒムラーが鉄十字勲章を差し出した瞬間だ。ルガーを抜き、至近距離から撃ちこんでやる。弾倉が空になるまで。

自分にとってはこの世で最後の一撃となるだろう。それでも、ナチスのヒドラの心臓のど真ん中を撃ち抜いてみせる。

その一撃は戦局を変える力を持っているはずだ。どんなレリックにも勝る力を。

四六

モスクワ近郊
クンツェヴォの別荘《ダーチャ》

すでに真夜中近くになっていたが、広大な木造の別荘《ダーチャ》を取り囲む森の木々は、その枝の一本一本まで明々と照らされていた。サーチライトが警備区域全体を強烈な光で満たしている。小さなリスでもスターリンの私邸に忍びこむことはできまい。

この夜、ダーチャでは三日前にモスクワを訪れたチャーチルとその随行員、並びにアメリカ大統領使節団にスターリンが敬意を表し、公式晩餐会が催されていた。

もう十五分は鳴き続けている小さなヒキガエルにいらいらし、エフゲニーはブーツの先で踏みつけた。警備は通常の三百人体制――全員ＮＫＶＤに所属――に加え、ダーチャを中心とする半径十キロ圏内に同心円を描くように二個戦車連隊と三個歩兵連隊を配備するよう命じてある。全体で千人ほどの人員が投入されている計算になる。もちろん、戦略的拠点に二十基の対空砲を配備することも忘れていない。

ドイツ軍がテロを企てる可能性はまずないだろう。それでも、スターリンから現場の警備を任された以上、エフゲニーは予期せぬ事態によって自分のキャリアと命が危険に晒されることは避けたかった。一帯にピリピリした空気が漂っていた。

今宵、スターリンとチャーチルのあいだで重要な決定が下される。二人の代表は協定を結ぼうとしていたが、イギリス側がフランスに第二戦線を開くことを拒否したために、スターリンは機嫌を損ねていた。チャーチル一行は明日には帰国してしまう。双方の意見が一致を見ることなく終わるという最悪の展開も考えられた。エフゲニーは改めて、要求リストにレリックを追加するようスターリンに進言しておいた。もし神を信じていたら、双方の円満な解決を天に祈っていたかもしれない。いや、それよりもレーニンの霊魂に助けを求めたほうがよさそうだ。

エフゲニーはダーチャの北側の点検を済ませると、草木の生い茂る庭を横切り、正面玄関に通じる温室を通り抜けた。園芸上手を自負するスターリンにとって、そこはお気に入りの場所だった。独裁者は植物の世話に何時間も費やし、常勤の三人の庭師は主を満足させるためなら労苦を厭わなかった。そこまで庭師たちが熱心に働くのは、警備員の三倍ともいわれる高給のためだけではない。バラにアブラムシがついたりスイカが菌核病にやられたりすればシベリア送りになると恐れているからであり、また、主の園芸にかける情熱にほだされたからである。スターリンは自ら、畑に二列にわたってスイカを栽培しており、公式の食事会でも振る舞っていた。

エフゲニーはダーチャの入口まで来ると、警備に立つ二人の将校に敬礼をしてから中に入った。壁の時計は二十三時十分を指していた。この時刻なら、メインディッシュはまだ提供されておらず、大量の酒が振る舞われている最中だろう。相手を酔わせることは、少なくとも効果的な戦略と言える。スターリンは底抜け上戸の自信があることから、大事な交渉はいつもアルコール尽くしの食事のあとに始めるのだ。

しかし、今回の客はスターリンに勝るとも劣らない酒豪だった。イギリス首相は、酒が大量に供された三度の食事会を何事もなかったように乗り切ったのである。

エフゲニーは食堂の扉を細く開けてみた。真っ白なクロスをかけた長いテーブルを、花瓶からあふれんばかりに生けた華やかな赤いバラが彩っている。テーブルの周りでは、イギリスとソ連の代表団の十二人が立ち、シベリアの白樺のように背筋を伸ばしたチャーチルとスターリンに向かって、細工の施されたグラスを掲げていた。

「ソ連国民の勇気と最高指導者スターリン元帥の英断に敬意を表して！　この戦争に勝利するため、両国の信頼関係と協力を祈念して！」

チャーチルがスターリンをちらりと見て、グラスに注がれたコーカサス地方のワインを一気に飲み干す。スターリンも負けじとばかりグラスの酒をあおる。

「人類の新たな夜明けです」スターリンがグラスを置いて言った。「近い将来、ベルリンにあるヒトラーの総統官邸で祝杯を上げたいものです。できれば奴の死体の前で！」

一斉に笑いが起こった。晩餐会が始まってから実に八回目の乾杯で、ついに仔豚の串焼きが運ばれてきた。

ルーズベルト大統領の特使アヴェレル・ハリマン米国大使とモロトフ外相が談笑している。モロトフは三年前にドイツとの不可侵条約に調印した人間だ。

チャーチルとスターリンが席につくと一同もそれに続いた。和やかな雰囲気のなか、各人が料理に舌鼓を打っている。エフゲニーは笑みを浮かべながらそっと扉を閉めた。本当のメインディッシュ、すなわち交渉の皿にとりかかるのは、もう少しあとになりそうだ。交渉は隣接する小さなサロンでおこなわれる。それも限られた人間のみで。


一時間後、二人のリーダーは通訳を交え、装飾が省かれた部屋で語らっていた。エフゲニーは二人の会話を、ドアの反対側から注意深く聞いていた。

天井から落ちる間接照明の光のせいで、二人の顔は翳りを帯びていた。スターリンはすっかり人相が変わっている。陽気な表情は嘘のように消え、冷淡な仮面だけが残されていた。まるで酒を一滴も飲んでいないように見える。

「首相、あなたは明日お帰りになってしまうが、互いに納得のいく合意には至りませんでしたな。わたしは非常に心を痛めております。さて、この要望書ですが、これはわたしの腹心がこちらの要望をまとめてリストにしてくれたものです」

チャーチルはリストに目を通して、息が詰まりそうになった。

「この要求を全部飲めというのは、いくらなんでも虫がよすぎる。われわれですら、アメリカからここまでの支援を受けたことはありません。無茶な要求は取り下げてください。どうかしていますよ」

スターリンはさらに暗い表情を見せた。

「こうして話しているあいだも、わが国民はナチスに殺されているのです。あなたがフランスで第二戦線を開くことを拒むなら、多くの血が流されるでしょう。あなたは手をロシア人の血で染めることになるのです」

いきなりチャーチルは立ち上がった。

「戦前に血腥《ちなまぐさ》い粛清と計画的な飢饉によって何百万もの死者を出した人間から、道徳を教わるつもりはありませんな。ヒトラーと協定を結び、ポーランドを消滅させ、フランスを敗北へと追いこんだ人間が道徳を説くなど笑止千万！　わたしを相手にゲームをするのはおよしなさい」

通訳たちが怯えた表情で顔を見合わせた。T‐34戦車並みの重い沈黙がその場を支配する。スターリンは怒りで青ざめていた。

チャーチルは腰を下ろすとウイスキーのボトルを手に取り、スターリンのグラスになみなみと注いだ。

「まあ、その四つの真実はさておき、ぐっと空けてください。わたしはなにもあなたに結婚を申し込みに来たわけではない。ベルリンまでの道を最後までともに歩き、ヒトラーを地獄へ送りこみたいだけです」

　チャーチルはスターリンを見つめながらグラスを掲げた。

「さあ、よく考えてください。今秋、われわれは北アフリカに上陸し、ドイツアフリカ軍団を駆逐したのち、シチリア、次いでイタリアへと北上します。ムッソリーニの道化者はわれわれの進軍を食い止めることができず、ヒトラーは援護するために、すぐにロシア戦線からいくつか師団を撤退させなくてはならなくなる。フランス上陸作戦については、一、二年先送りにするだけのこと。それでも同意できないとおっしゃるなら、まずはこのボトルを空にしましょう。そして、あなたは戦争を続ければいい。一人きりで！」

　スターリンはグラスを空けると、おもむろに口を開いた。

「スターリンがロシア語で〝鋼鉄の人〟を意味することはご存じでしょう。しかし、どうやらあなたも同じく精錬された合金のような人だ。わたしは自分と同じタイプの人間を嗅ぎ分けることができますから」

「それは光栄です。しかし、わたしは自分の本名に満足しています。あなたとは違ってね。ヨシフ・ジュガシヴィリさん」

二人が最終合意に至ったとき、すでに時計は午前二時を回ろうとしていた。チャーチルの頭には早く床に就きたいという思いしかなかった。スターリンは出口まで付き添うと、チャーチルに切り出した。

「もう一つお願いしたいことがあります」

「まだあるのですか……。まったくきりがありませんな。イギリス国王にバッキンガム宮殿のバルコニーで『インターナショナル』を歌ってほしいとおっしゃるなら、答えはいいえ《ニェット》です！」

スターリンがニヤリとした。

「国王ではなく、皇帝の話です。われわれの諜報機関によれば、今は亡き皇帝ニコライ二世が所有していた貴重な品がそちらに渡っているようです。ロシア帝国の遺産として、それをぜひお返し願いたい」

チャーチルは眉根を寄せた。予想もしなかった場違いな要求だ。

「何のことでしょうかな……。さっぱり見当がつきませんが……」

「いえいえ、ご存じのはず。鉤十字の形をした遺物のことです。本当に覚えはありませんか？　それはロマノフ王朝が所有していたもので、皇帝の死後、イギリスに送られました。太古の昔から伝わるスワスティカと、その不思議な伝説。そこまで言っても白を切るおつもりですか？」

「嘘は言いません。わたしは今、伝説に興味を持っている暇などないのです」

〈赤いツァーリ〉は声を立てて笑いだした。

「先ほどはまんまと出し抜かれてしまいましたが。まあいいでしょう。こちらは具体的な情報を摑んでいるのです。SOEのエージェントがそれを入手したとね。われわれの関係を強固にするためにも、それを返還されることを切に願います」

チャーチルはしばし口をつぐんだ。ここへ来て、またあのレリックの話が持ち上がろうとは。しかも、悪魔のようなスターリンの口からそれを聞くとは。その魔力についても、向こうはすでに知っているに違いない。しかし、何より警戒すべき共産主義者、物質主義者の男が、なぜまたそんなおとぎ話を信じるのか？

「ロンドンに戻り次第、関係各所に問い合わせ、そちらの要求について優先的に検討しましょう」

「紋切り型の返答は要りません。わたしはその遺物が欲しいのです。今すぐに」

スターリンの背中越しに、ロシアのクマに譲歩するように訴えるルーズベルトの怒った顔が見えるような気がした。問題は、譲歩しようにも、もはや**もの**が手もとにないことだ。

「わかりました。正直に話しましょう。そちらが摑んでいる情報は間違いではありませんが、その情報には欠けている部分があります。確かに、その……遺物は大英博物館にありました。しかし、アプヴェーアの工作員に奪われました。連中はすでにドイツに逃亡しています」

「その話を鵜呑みにするわけにはいきませんな。では、南フランスで手に入れたものについてはどうなっていますか？」

「誓って言いますが、まったく知りません」

それ以上聞く必要はないだろう。スターリンの目には、チャーチルが気まずそうな表情をしているように映った。《まったく知りません》とは、嘘もいいところだ。エフゲニーからは、ヒトラーとチャーチルがその遺物に並々ならぬ興味を示していると聞いている……。クレムリンの主はチャーチルが額を拭うのを見ながら、口髭を撫でつけた。きっとエフゲニーの話のとおりに違いない。その遺物は間違いなく重要なものなのだ。チャーチルがこのような反応を見せているのが何よりの証拠ではないか。

かくして思惑どおり、遺物探求の継続は許され、エフゲニーはその全権を委ねられた。

ドイツ
ベルリン
アプヴェーア通信部

イギリスにいる諜報員との通信を担当する下士官が部屋に飛びこんできた。

「おや、ヘルマン、ヒンデンブルクの幽霊でも見たような慌てぶりだな」当直将校の大佐は冗談めかして言った。

「こちらのメッセージをお読みください。緊急です。ロンドンにいる諜報員のコンラッドから送られてきました」

「緊急か……。さてはモスクワでチャーチルが淋病でもうつされたかな？　どれどれ」

大佐は小さな眼鏡をかけ、紙片に目を通した。文面にヒムラーの名を認めると、大佐は青くなって、すぐに受話器を取り上げた。

「情報部のカナリス大将に繋いでください。緊急コード・オレンジ、最優先事項です」

しばらくして、受話器の向こうにしゃがれた声が響いた。これまでさんざん命令を下してきた人間の声である。

「どんな用件かね、大佐？」

「ロンドンにいる諜報員が、親衛隊に協力しているフランス人の正体は二重スパイであると伝えてきました。フランス人の名前はトリスタン・マルカス。先週木曜日にイギリスからパリに戻っています。イギリスで古代の遺物を盗み、それをヒムラー長官の手に委ねたとのことです」

「古代の遺物を……養鶏業者にね……」カナリス大将は面倒そうに呟いた。「おい、その程度のことでいちいちわたしを呼び出したのか？　その情報は国家保安本部《RSHA》の国外諜報局に伝えればよろしい。いいかね、次からはそんな些細なことでわたしを煩わせないでくれ。さもないと降格処分だ」

　大佐の耳もとで、ガチャリと電話が切れた。

「どうされましたか？」下士官が尋ねる。

「わたしのほうから親衛隊の野郎どもに電話をしなければならなくなった。気が進まんがね……」

四七

占領下のデンマーク
ボーンホルム島
レネ港

高速戦闘艇シュネルボートは全速力で最終目的地に近づいていた。照りつける日差しの下で、水泡の群れが壮麗な銀のアラベスクを描いている。後甲板の手すりにしがみつきながら、トリスタンは塩気を含んだ爽やかな風を胸いっぱいに吸いこんだ。パリ滞在中の悪夢を浄化すべく。

ボーンホルムの島影がみるみる大きくなってきた。島はコバルトブルーの空と暗色の穏やかなバルト海の境に浮かんでいた。船酔いを紛らわすため、トリスタンはこの日の一本日となる煙草に火を点けた。ドイツのコルベルク港を出てからはあっという間だった。ここまで来るのにわずか二時間足らず。これほど速いボートに乗ったことはない。艦長が仮想の記録更新に躍起になっているのではないかと思うほどだ。昨日、パリ郊外のル・ブルジェからドイツ北部のコルベルク飛行場まで運んでくれたルフトヴァッフェのパイロットも然りである。ドイツ人は何をするのも速攻で動く。トリスタンが彼らに認める数少ない長所の一つだ。

　彼らは電光石火の勢いでヨーロッパを征服し、フランスを三日で占領した。ずっと間近で見てきたが、その速さが頭脳の軍事化によるものなのか、ヒトラーがドイツ国民の中に眠る敏捷性の遺伝子を覚醒させたからなのかは、今もってわからない。

　トリスタンは双眼鏡を覗いて島の海岸線を調べた。驚いたことに、ボーンホルム島は地中海の島に似ていた。少なくとも想像していた北欧の風景、険しく荒々しいバイキングの聖地とはまるで違う。生い茂る草木に覆われた丘が連なり、緑のグラデーションをなしていて、その中に真っ赤な屋根の家々が点在している。

　ボーンホルム島。つい先日まで、このスカンジナビアの宝石のような島の話は聞いたこともなかった。だが、これで運命は決まった。この地で三年にわたって続いたレリックの探索の旅に終止符が打たれる。一九三九年、ここから何千キロも南にあるカタルーニャ地方のモンセラート修道院を襲撃したことから、すべては始まった。脳裏にさまざまな光景が次々と浮かび、不思議な記憶の万華鏡となって煌きを放ちはじめる。スペインの闘牛場での血腥い見世物、モンセギュールのカタリ派の城砦の発掘調査、そして、自分の心を捉えて離さないエリカの存在。エリカとはそのときどきで協力しあい、ヨーロッパ中を駆け回ることになった。彼女はドイツのために、自分はドイツの敵のために。

間もなくこの北方の地でゲームの最終セットが始まろうとしている。聖杯探求の旅の終わりの始まりだ。

そしてほぼ間違いなく、自分の命もそこで終えることになる。

笛の音がして、トリスタンは現実に引き戻された。前甲板で乗組員たちが忙しく動き回っている。レネ港が白波の中に姿を現していた。

トリスタンは船室に下り、鞄から髑髏章《トーテンコップ》のついたケピ帽とルガーを取り出し、銃は腰のホルダーに収めた。ヒトラーの公式写真の横にはひびの入った鏡が掛けられていたが、それが全身を骨折した親衛隊員の姿に重なって見えた。トリスタンはＳＳのジークルーンのマークが入った灰色の鞄を持って甲板に戻った。

途中すれ違った二人の乗組員は、明らかに自分を避けているようだった。艦長も航行中ほとんど話しかけてこなかった。どうやらヒムラーの部下たちはドイツ海軍《クリークスマリーネ》に嫌われているらしい。

シュネルボートが、ドックの入口付近に停泊するジグザグ模様の迷彩塗装が施された長い駆逐艦の横を通り過ぎる。そして、両側に歪なタイヤが連なったコンクリートの桟橋にゆっくりと横づけした。操舵室から再び笛が鳴り響くと、乗組員がもやい綱をキノコ型の係柱に巻きつけ、桟橋にタラップを放るように下ろしていく。トリスタンは艦長の突き刺すような視線を感じながら、揺れるタラップを下りていった。

熱風に近いようなぬるい空気がまとわりついてくる。辺りには重油やエンジンオイルの臭いが入り混じって漂っていた。トリスタンは係船ドックの入口に向かって進んだ。ドックには三隻の戦艦が威容を誇るように停泊している。これだけの規模の船が集まっているということは、この小さな島に何か戦略的な利点があるのかもしれない。ドックの反対側にはトロール漁船が十艘《そう》ほど繋がれていた。それが長閑な雰囲気を醸し出し、赤や黄色の漁師小屋や、バルコニーに花を咲かせたかわいらしい家々とよく調和している。このままレネのポストカードにしてもいいような眺めだ。

桟橋の上にはSSの分遣隊が集結していた。いつもの見慣れた光景だ。南から北まで、ヨーロッパはどこへ行ってもドイツ兵で溢れかえっている。まるで、先の大戦で敗北を喫したドイツ人たちが、将来フューラーに仕えることになる兵士の予備軍を作るべく、ものすごいスピードで増殖していったかのようだ。

検問所に来たところで、トリスタンは、幌を畳んだキューベル・ワーゲンVW82の前に立つブロンドの女性に気づいた。一気に胸が高鳴った。エリカが約束どおり迎えに来てくれたのだ。兵士たちが見守るなか、トリスタンは遮断機をくぐり抜け、エリカを抱き締めようとした。ところが、エリカはそれを拒むように胸を張り、右腕を前に突き出して叫んだ。

「ハイル・ヒトラー」

トリスタンはその場に凍りついた。だが、すぐに気づいた。自分が親衛隊の制服を着用していたことに。親衛隊員には人前で恋人とキスをする習慣がないのだ。不承不承、トリスタンもナチス式敬礼で応えた。

トリスタンが車に乗りこむや、エリカは車を急発進させた。

エリカは一言も発しなかった。頻繁にギア・チェンジをし、クラクションを鳴らし、海沿いの道をくねくねと進んでいく。トリスタンは必死にドアに摑まっていた。

「もっとこう……優しい出迎えを期待していたんだけどな」

「見張りのいない場所まで行ってからにしてちょうだい。検問所にゲシュタポが二人いるのを見つけたわ。それより、船の旅はどうだった？」

「少し揺れたかな。船酔いしやすい質なものだから。どこに向かっているんだい？」

「ずっと北にあるアーネンエルベの発掘現場よ。そこが式典会場になるの」

「どうしてこの島でやるのか？　ヒムラー長官にとって何か特別な場所なのか？」

「行けばわかるわ」

道路はすぐに海岸線を離れ、内陸へと向かった。トリスタンは、風に髪をなびかせるエリカをじっと見つめた。いつもと様子が違う。こちらの視線を避け、距離をとろうとしているように見える。ひどくよそよそしい。頭の中でアラームが鳴りはじめた。もしかして、鉄十字勲章授与と式典の話はすべて罠だったのではないだろうか？　自分を始末するための……。いや、だとしたら、なぜこんな遠く離れた島まで呼び出したのか？

車は減速し、ニュカという名の小さな村を通過した。ごく平凡な村だが、唯一目を引いたのが石灰を塗られた真っ白な円形の要塞教会だった。トリスタンは見たことのない変わった外観の建物に、思わず釘付けになった。

「変わった形の教会だな」

「十二世紀に建てられたものよ。この島には同じような建物があと三つあるわ」エリカが淡々と説明する。「敵の侵略に備えて建てられたの」

「アーネンエルベが調べたのか？」

「いいえ。ヒムラー長官はこれをキリスト教の汚点だと考えているのよ。昨年のことになるけど、一度は取り壊そうとしたのよ。幸い、アーネンエルベの支部長が思いとどまらせたけど。この教会はね、テンプル騎士団が神秘的な目的のために建設したという言い伝えもあるくらいなの。この丸い形状が、なんとヨーロッパ各地にある騎士団の騎士領に建てられた円形の教会によく似ているのよ」

「興味をそそる話だな……テンプル騎士団が北欧の辺境にまで遠征をしていたとは、およそ考えもしなかった」

車は再び加速し、村を抜けた。エリカが話を続ける。

「残念ながら、その説を裏付ける証拠は何もないの。おそらくテンプル騎士団がこの場所に足を踏み入れたことはないんじゃないかしら。歴史的に見て興味深いことといったら、この島がブルグント人の原郷だということくらいね。のちにこの野蛮な民族はあなたの国に侵入してブルグント王国を建国したのよ」

カーブを曲がったところで、突然車が減速した。前方には、真新しいⅣ号戦車が黒い主砲をこちらに向けて行く手を塞ぐように停まっていた。

ベルリン
ベンドラーブロック

アプヴェーアの大佐はRSHAの国外諜報局の番号に直接電話を入れた。全隊員に忠誠と効率の教訓を与えている親衛隊に激震が走るだろう。しばらく待ったのち、やっと電話が繋がった。女性の声が応答する。

「国外諜報局窓口です。どのようなご用件でしょうか？」

型どおりに名乗ってから、大佐はさっそく爆弾を投下した。

「カナリス大将の代理でお電話しました。二重スパイの潜入が確認されました。その人物は親衛隊に雇われているフランス人で、トリスタン・マルカスといいます。先日、ロンドンでの任務を終え、フランスのグヴュー飛行場に到着したところ、親衛隊が身柄を引き受けたとのことです。アプヴェーアは、当人に関する証拠および証言を提供する用意があります」

抑揚のない声が返ってきた。

「ただちにこちらで精査します。すべての情報を送ってください。フランスの作戦担当将校に知らせます」

四八

ボーンホルム島
ニュカの検問所

道路脇の黒い木造の小屋から親衛隊の兵士が三人現れ、キューベル・ワーゲンを取り囲んだ。続いて黒いレインコートを着た男が出てきて、運転席のドアに近づいた。エリカが二人分の身分証を提示すると、男は愛想のいい笑みを浮かべ、それに目を通した。

「フォン・エスリンク所長、またお会いできて光栄です。お連れのかたは?」

「カナー少尉、やはりゲシュタポのあなたがいてくださると心強いですわ。こちらはトリスタン・マルカス、先ほど港に着いたばかりです。式典のゲストで、ヒムラー長官より一級鉄十字勲章を授与されることになっています」

「フランス人が……そいつは驚きだ」少尉はトリスタンを疑わしそうに見つめながら呟いた。「親衛隊長官が直々に叙勲をおこなうとは、そちらのかたはドイツに対しさぞや大きな功労があったのでしょう。失礼ですが、基地の来客名簿にお名前があるか、念のため電話で確認したいのですが」

「もちろんですわ。どうぞ確認なさってください」

少尉はトリスタンの身分証を持って小屋に入った。

「信用されているのか、信用されていないのか」トリスタンは皮肉った。

「ヒムラー長官が来るから、みんなピリピリしているのよ。ハイドリヒがプラハで暗殺されてから、政権幹部に対する保安対策が強化されたの」

少尉は五分ほどして戻ってくると、身分証をトリスタンに返し、戦車に道を空けるよう合図した。少尉がエリカと二言三言冗談を交わしたあとに遮断機が上がり、車はその場を離れた。

「お互い顔見知りなんだね？」トリスタンは尋ねた。

車は再び田舎道を突き進んでいた。

「ここに来るのははじめてじゃないし、それにわたしは……」

トリスタンはエリカの太ももに手を伸ばし、そばに寄った。自分に残されたわずかな時間を楽しまない手はない。

「女だから……、いやでも目立ってしまう。そう言いたいんだろう。ところで、どこか人気のない場所で車を停めるはずじゃなかったかな？」

エリカはアクセルを踏みこんだ。

「感心しないわね。二人の関係が公になったら面倒なことになるわ」

「今まではそんなこと気にもしなかったくせに」トリスタンは大袈裟にがっかりしてみせた。

「状況は刻々と変化しているのよ」

トリスタンは苦い思いで助手席に身を沈めた。

「それはつまり、こういうことか？　俺ときみは……」

エリカはトリスタンのほうを向いた。その顔には悲しそうだが、決然とした表情が浮かんでいた。

「いいえ……あなたが思う以上に込み入った話なの……わたしたちの関係も。パリでは、あなたのことを敵じゃないかと思っていたわ」

「お互いさまだったようだな……」

「ここ何週間かはプレッシャーに押しつぶされそうで、自分たちのことを考える余裕がなかったの。式典が終わったら一度会わない？」

「ああ、そうだな……」トリスタンは諦めたように呟いた。だが、式典が終わったらエリカとは二度と会えない。今夜がこの世で最後の夜になることはわかっている。

車は、風に波打つ黄金色《こがねいろ》の麦畑の中の一本道を走っていた。布をぴんと張ったような、雲一つなく抜けるように青い空を、灰色のカモメたちが東に向かって飛んでいく。ここは穏やかなところだ。そう思いながら、トリスタンは尋ねた。

「ヒムラー長官はなぜこの島にこだわっているのかな？」

少し間をおいてから、エリカは答えた。

「神聖な土地だと考えているのよ。なぜかというと、第一に、この地にキリスト教が根づいたのが十世紀頃と、ヨーロッパのほかの地域に比べて遅かったから。第二に、今にわかるでしょうけど、この島には異教の遺跡がたくさんあるからよ。ここは北欧神話に登場する人間の住む土地、中つ国《ミズガルズ》なの。長官は信じているのよ。この地が、失われたヒュペルボレオスの文明の発祥地の一つだという伝説をね。今から五万年以上前、まだ地軸が傾いていなかったとき、スカンジナビアは温暖で緑豊かな楽園だった。バルト海は湖だったのよ。デンマークと陸続きだったボーンホルムは、中つ国《ミズガルズ》の中でも美しく、栄華を極めた中心地の一つとされている。『トゥーレ・ボレアリスの書』が伝えているのはこの地のことで、四つのスワスティカはここで生まれたと……」

「考古学的な証拠でもあるの？」

「デンマークがドイツの占領下に置かれると、アーネンエルベはこの地にベースキャンプを置いたの。そして、この仮説を裏付けるような遺跡や遺構を見つけるために調査を続けてきた。でも、成果は挙がらなかった。少し前まではね……」

四辻まで来ると車は左折し、オークやシダが鬱蒼と生い茂る森に入り、轍が作った道を突き進んだ。進むにつれて周りはいっそう暗くなり、ところどころから剣で突き刺すように細い光線が差しこむのみとなった。湿った土と泥炭がにおって、空気がひんやりと感じられる。トリスタンは奇妙な感覚を覚えた。胸苦しいような、異様な感覚。なんとも説明のつかない、内に籠もった殺気に近いものがこの森には漂っている気がする。

　エリカがちらりとトリスタンを見た。

「小さい頃、母がよく言っていたわ。森はお呪《まじな》いに似ているって。よい効果をもたらすことも、災いをもたらすこともある。森は妖精と魔女に特別に与えられた領域なんだって」

「賢い女性が好きだから……魔女のほうがいいかな」

「北欧神話なら任せてよ」エリカが穏やかな声で言った。「アース神族やヴァン神族の女神たちとか。森に棲む小人たちとか」

「本当にそんな話を信じているわけじゃないよね？」

　すると、はじめてエリカは輝くような笑顔を見せた。

「もちろん信じてはいないわ。でもファンタジーは好きだし、それはそれでいいと思っている。ただ、わたしは科学者よ。わたしが徹底して物質主義者であることは、あなたも知っているでしょう？　ヒムラー長官には隠しているけれど。アーネンエルベの研究の中には、正気の沙汰とは思えないものがあるわ」

「俺にも隠していることがあるんじゃない？」

「さあどうかしら……。それより、伝説の話に戻りましょう。ほら、もの言う石の国にさしかかったわよ」

道の両側の木々の向こうに、大小さまざまな灰色の石が一定の間隔で並んでいた。先端の尖った三角形のものもあれば、メンヒルのように真っ直ぐに立つものもある。まるで地中から突き出た怪物の歯のようだ。

「ここにある石のすべてにルーン文字が刻まれているわ。ここだけでも数百、おそらく島全体にはもっとたくさんあるはず。伝承によると、人類最古の聖地がこの森にあったと言われているの。一九三八年、はじめてアーネンエルベの調査隊がここを訪れた。彼らはあの石柱群が何千年も前のものであると思いこみ、ヒュペルボレオスの存在を証明するものだと考えたの。でも、すぐに幻滅を味わうことになった。調査の結果、石柱が九世紀から十二世紀のあいだに立てられたものだということが判明したのよ」

エリカはハンドルを右に切った。やはりでこぼこの道が続く。視界が徐々に明るくなってきた。木々がまばらになり、古の神々が消えていく。森を抜けると、車は草原の中の一本道をひた走った。再び海が見えてくる。海岸のそばまで来ているらしい。左手に青竹色の草に覆われた岬が現れる。そこには崩れかかった巨大な要塞があった。灰色の石と赤レンガで築かれた城壁が傾きかけた太陽の光を受け、うっすらとオレンジ色に染まっている。

「ここにも城か……ヒムラー長官は古い石の文化がお好みのようだから、式典はあの城跡の中で行われるのかな」

「ハズレよ。キリストの名のもとに建てられているから、長官の好みじゃないわ。あの要塞はハマスフース城といって、全島がカトリック教会の支配下に置かれた証にルンドの司教が建てたものなの。親衛隊の儀式を執りおこなうのにふさわしい場所とは言えないわね」

キューベル・ワーゲンは海岸に向かって、切り立った花崗岩の断崖沿いの道を猛スピードで下っていった。

「もうすぐ着くわ……。これであなたも知ることになるでしょう。第三帝国最大の秘密の一つを」

車は最後に急なカーブを曲がって広い海岸に出た。すべすべした白い小石の海岸が、そびえ立つ花崗岩の壁とキラキラと輝く波のあいだに広がっている。トリスタンは目を見張った。目の前には信じがたい光景が広がっていた。

「なんだ、これは……」

エリカがキューベル・ワーゲンを停める。

「ようこそ、〈ヴァルハラ六六基地〉へ。神々の国の入口よ」

ベルリン
プリンツ・アルブレヒト宮殿

フランス方面担当の親衛隊大尉は、電話に向かって悪態をついた。先ほどからパリとの回線が頻繁に途切れる。緊急コード・オレンジ、最優先事項だというのに……。少し前にアプヴェーアから、親衛隊の中枢部に二重スパイが入りこんでいるとの知らせを受けたところだ。スキャンダルが表に出ることはなんとしても回避しなければならない。ヒムラー長官の耳に入る前にこの問題が解決できれば……。

トリスタン・マルカスのパリでの足取りをたどるのは難しいことではなかった。親衛隊の中では、情報収集を含めすべてが中央に一元化されているからだ。そんなわけで行き着いた先にいたのがフランス・ゲシュタポのボスだった。低俗なごろつきではあるが、いろいろと情報を持っているようだ。

受話器から雑音に交じって男の声が聞こえてくる。大尉は会話を再開した。

「もしもし、よく聞こえません、ムッシュー・ラフォン。もう一度お願いします」

「マルカスはドイツに飛びました。行き先はコルベルクのはずです」

「何をしに行くかは話しませんでしたか?」

「ええ、話していましたよ。ヒムラー長官から直々に勲章を……一級鉄十字勲章を授与されるんだってね。ちなみに、このわたしもドイツに対しては多大なる貢献をしたわけでして……」

大尉は青くなって、すぐさま電話を切った。急いで部屋を飛び出すと、暗い廊下を駆け抜け、ノックもせずに上官の執務室に飛びこんだ。

「大佐！　まずいことになりました！」

四九

ボーンホルム島

花崗岩の切り立った崖が、難攻不落の城壁のようにそそり立つ。小石交じりの白い海岸を見下ろす岩壁に巨大な洞窟がくり抜かれていた。その高さは五階建ての建物ほどもあろうか。洞窟の内側は照明に照らされ、その前をマンモスのような大型の重機が動き回っている。だが、何より目を引いたのは、洞窟の奥まで伸びるレールの上に乗った二基の特大レーダーアンテナの存在だった。あそこまで規模の大きなものはトリスタンも見たことがない。周囲の浜辺には有刺鉄線が張りめぐらされ、途中に二つの監視塔が立つ。さらに見上げると、崖の上には対空砲と照射距離の長い大型のサーチライトが並んでいた。海上まで封鎖されているらしい。沖に浮かぶクマを思わせる形をした岩の島の先に巡洋艦が控えている。

「きみはあれを発掘現場と呼ぶのか?」トリスタンは唖然として言った。「塹壕をめぐらせた陣地と変わらないじゃないか。あんなにでっかいレーダーや洞窟で、きみたちはいったい何を企んでいるのか?」

エリカが車から降りると、トリスタンもそれに続いた。

「アーネンエルべの研究員が島中を調査しているって言ったじゃない。一年くらい前だったかしら、崖の上で石に刻まれた文字を写しとっているときに研究員の一人がクレバスに落ちたの。それで救助隊が助けに入ったとき、岩の中にトンネルが掘られていることがわかった。トンネルの壁面にもルーン文字が残されていたんだけど、専門家が調べたところ、崖の上の石に刻まれているものよりもかなり年代が古いそうよ。続いて、海底にも複数のトンネルが入り組んでいることがわかって……。まさに迷路よ」

「海底トンネルか……」トリスタンは呟いた。「まさかバイキングにそんな大工事をする能力があったとはな……」

「そうじゃないわ。バイキングとは一切関係ない。トンネルは彼らの歴史よりも古い、おそらく一万年以上前に掘られたものよ。ひょっとすると、もっと前かもしれない。わたしたちは考古学者も知らない文明に取り組んでいるの。巨石文明よりはるかに古い文明よ。それだけじゃない……ついてきて」

二人は検問所を通過したが、今回は身分証の提示を求められなかった。

「地下トンネルが造られた理由はわかっていないの。最初、鉱山ではないかと考えられていたんだけど、島に金属や鉱石の鉱脈はないのよ」

「当然、トンネル内部は調べたんだよね？」

「もちろん。でも全部調べるのはとてもじゃないけど無理。なにせ何百本もあるんだから！　落盤で寸断されて行き止まりになっているところも多いわ。それ以外はさらに大きなトンネルに通じていて、その大トンネルがまた何本にも枝分かれしているような案配なの。半年間に三人の人間がこの迷路で行方不明になり、いまだに見つかっていないわ」

「それなら、トンネルの役割を知るために、一本の大トンネルに絞って地図を作製するといいよ」

「ええ。だから、トンネルの幅が一番広い区域を集中的に調べているの。まずそこから細かく調査するように、長官より指示があったわ。沖合に船が見えるでしょう？　あの船は一本の海底トンネルの真上に錨を下ろしているの。問題は、トンネルがところどころ塞がっていて、掘削機を入れて土砂を取り除かなければならないことよ」

　洞窟の入口では重機が土石の山とのあいだをひっきりなしに往復している。それを見ながらトリスタンは尋ねた。

「あのどでかい穴は何のために掘ったんだい？」

「発掘調査のベースキャンプと重機の格納庫を兼ねているの。特にこの地域の秋と冬は寒さが厳しいから。それに、空から攻撃された場合に〈ロキの警笛《ホーン》〉(注3)のシェルター代わりになるわ」

「なんだって？」

「目の前のあれよ。ドイツの最新鋭の特殊装置。〈ロキの警笛《ホーン》〉は実験用超長距離レーダーで、理論上では数千キロ四方の空域の探知が可能なの」

「なぜこの発掘現場の隣に置いてあるの？」

「装置のテストをするために、ゲーリング空軍元帥からヒムラー長官に三か月の期限付きで貸し出されたのよ。でも、それが長官の妄想に拍車をかけることにもなったわ。地球空洞説よ。レーダーの電波を成層圏に発射して、その反射波を測定しようとしているの。秋に実験する予定よ」

トリスタンは耳を疑った。

「まさか、きみは本気で地球空洞説を信じているわけじゃあるまいね？」

「そんなわけないじゃない。でも、長官がそれで満足するなら、わたしも満足よ」

「なるほど。だからといって、ここで式典をする意味がわからないな。その謎のトンネルがあるからだけじゃないだろう？」

「先週、驚くべき新発見があった。全員が言葉を失ったほどのね。こっちよ」

二人は人工の洞窟の入口に来た。列車が横に三列並んで通ることができるくらい、幅が広い。壁伝いに吊られた電球群が揺れながら黄色い光を放っている。パワーショベルが土や岩を掘り起こし、あちこちで作業員がせわしなく働いている。まさに蟻塚という表現がぴったりだ。洞窟の奥には三本のトンネルが延びている。

　二人は鉄のレールを跨ぎ、岩を背にして建つ木造の小屋に来た。中にはランプや道具が犇めく机に身を屈めている男がいた。小石を文鎮代わりにして地図を広げ、熱心に見入っている。

「ボルガー教授、ゲストのマルカス氏を連れてきましたよ」

　男は顔を上げた。澄みきった瞳に豊かな口髭を蓄え、痩せぎすの体にだぶだぶの作業着をまとっている。男は汗のにじむ額をハンカチで拭った。エリカが二人を紹介する。

「トリスタン、こちらはハンス・ボルガー教授。発掘調査の責任者よ。一九三八年のシェーファー探検隊の一員としてチベットに遠征していたの。最初のレリックを発見した探検隊よ」

　教授はトリスタンの手を強く握って挨拶した。

「お会いできて光栄です、マルカスさん。お噂はかねがね聞いています。あなたの協力なくしてはレリックを発見できなかったと、フォン・エスリンク所長が話していましたよ。ですから、今回の発見はきっと喜んでいただけるものでしょう。さあ、ご案内しましょう。すぐそこですから」

　三人は壁沿いに進み、横穴に入った。壁を大きくくり抜いた人工の洞穴で、内部は分厚い板で補強されている。

「ご覧なさい！　見事なものでしょう？」

トリスタンは衝撃のあまり言葉を失った。そこには電球の光を受けて輝く高さ二メートルほどの彫像が鎮座していた。苦痛に歪んだ表情を浮かべる男の胸像だ。壁に埋めこまれていたものらしく、腰から下がない。何かをすくうように両手を前に差し出している。

「そんな……」トリスタンは言いよどんだ。「……モンセギュールのものとまったく同じじゃないか……」

「チベットにあったものともそっくりなのです」

「ということは、この像もレリックを持っていたはずです！　もしかして、わたしがロンドンで見つけたレリックが……」

エリカが頷く。

「ええ。教授、彼に説明してあげてください」

「ここに来る途中で、ハマスフース城をご覧になったでしょう。十三世紀に、今でいえばスウェーデンですが、デンマークの司教によって建てられた城です。ご存じのように、その当時、島はキリスト教化されたばかりで、司教は自らの支配力を誇示するため、異教の聖域に城や教会を次々と建設していったのです。地下でトンネルが発見されたとき、わたしはレネの郷土資料館をあたろうと思い立ちました。そして、そこで十八世紀の郷土史家が編纂したハマスフース城の歴史に関する文献を見つけたのです。そこに書かれた編年史の一節にはこんな記述がありました。スウェーデン人のシトー会修道士が城を訪れ、珍しい十字架を持つ異教の偶像を発見する。修道士はそれを神の啓示と受け取り、はるか異国の地へ布教の旅に出る。長い旅の果て、修道士はロシア正教に改宗し、ロシアで生涯を終える……」

エリカは彫像の頬を撫でると、話の続きを引き受けた。

「そのスウェーデン人修道士は、ロシアでもっとも権威ある修道院で亡くなったの。修道院の名はイパチェフ修道院……」

トリスタンは背中に電気が走ったような衝撃を受けた。

「四世紀後にロマノフ王朝の創始者ミハイル・ロマノフを輩出することになる修道院よ！」

「つまり、レリックはもとよりロシア人のものではなかったわけですよ」教授が解説するように言い添える。「われわれは、自分たちの財産を取り戻したに過ぎないのです」

「おや……、ちょっと待ってくださいよ」トリスタンは嫌みたらしく言い返した。「あなたはドイツ人でしたよね？　スウェーデン人でもデンマーク人でもなく……。つまり、ロシア人同様、あなたがたドイツ人にも所有権はないということでしょう？」

痛いところを突かれ、教授はトリスタンを見下すような目で見た。

「われわれには同じアーリアの血が流れていますから。格好ばかりは親衛隊のあなたとは違いますよ、ムッシュー」

「あ、そうそう、一つ目のレリックを所有していたチベットの僧侶たちにもアーリア人の血が流れているって話でしたよね。なるほど、血は水よりも濃いということか……」

不意に重機の音が二人の舌戦をかき消した。目の前にトラクターが現れ、続いて腕まくりをした兵士の一団がやって来た。

「慎重に扱ってくださいよ！」教授が声を張り上げた。「一つ忠告しておきます。わたしの指示は必ず守ること！　万一これを壊したら、即、東部戦線送りになりますよ！」

トラクターが彫像の前に陣取り、兵士たちが毛布で慎重に彫像を包《くる》んでいく。あれこれ指図する教授をその場に残し、トリスタンとエリカは洞窟の出口に向かった。

「彼らは何をしているのかい？」トリスタンは尋ねた。

「今夜の式典に備えて、像を崖の上に設置するの。そして、ヒムラー長官が像にレリックを戻すというわけ。この儀式によってスワスティカの力が刷新されると長官は考えているの。そのあと、スワスティカは彫像ごとヴェヴェルスブルク城に移送され、ほかのスワスティカとともに地下室に安置される予定よ」

「馬鹿げている」

「そんなことないわ。少なくとも、魔術の世界を信じる者にとっては。長官はそういう部類の人間よ」

黄昏時の空から唸るような音が近づいてくる。

「ほら、噂をすればなんとやらだわ」

低いエンジン音を轟かせ、頭上にハインケルの姿が現れた。

「ヒムラー長官の個人専用機よ。定刻どおりだわ。レリックも一緒のはずよ。スケジュールでは、まず町で閲兵式に出席してから、ここに来ることになっている。支度をする時間なら二時間あるわ……」

そう言いながら、エリカはトリスタンに向きなおった。その瞳の奥に光が瞬くのを、トリスタンは見逃さなかった。

ベルリン
プリンツ・アルブレヒト宮殿
国家保安本部国外諜報局

国外諜報局局長の執務室は会議室のように広大で、宮殿の広間のように豪華である。その執務室で、局長のシェレンベルクはヒムラーの秘書に電話が繋がるのを座って待っていた。もうかれこれ十分は待たされている。吸いはじめたばかりの煙草を灰皿で揉み潰し、続けて二本目も……。シェレンベルクは事務畑の人間が大嫌いだった。もし自分の一存で決められるものなら、連中を全員強制収容所へ送って、鍛え直してやりたい。そうすれば、親衛隊はうまく機能するようになり、ひいてはそれがドイツ帝国のためにもなる。

しばらくして、やっと電話が繋がった。

「シェレンベルク大佐、どのようなご用件でしょうか?」丁重な声が尋ねる。

「用件は一つ。至急ヒムラー長官と連絡がとりたい。緊急事態だ」

「お取次ぎできません。長官はお出かけになっています。それ以上は申し上げられません。機密事項ですので」

「わたしにとっては機密でもなんでもない。長官はデンマークにいるのでしょう? 正確にはボーンホルム島に」

秘書はしばし押しだまった。国外諜報局のシェレンベルクが、なぜその情報を知っているのか? ヒムラーからは、何があっても邪魔はするなと釘を刺されている。

「申しわけありません。長官から指示されているのです……」

「長官の指示などと言っている場合ではない! 二重スパイがその島にいるのだ。数時間後、長官がその男に勲章を授けることになっている。おそらく、男はそのチャンスを逃さない。間違いなく長官の命を奪おうとするはずだ。そんなことになってみろ、貴様の命はないと思え」

「承知しました。すぐに現地にいる者と連絡をとります」

五〇

ボーンホルム島

美しい夏の宵だ。満天の星。その中央をうねるように走る銀河。廃墟と化した城の陰に隠れ、二人の恋人は抱きあったまま柔らかい草の上に身を横たえていた。

「あなたが恋しくて、恋しくてたまらなかった」エリカが囁いた。

「俺も」トリスタンは優しくキスをした。「パリで会ったときよりもずっと……」

「ねえ、わたしたちを引きあわせたのはレリックね。あれがなければ、お互いの人生が交わることはなかったはず」

「うん……だが、探求の旅は終わった」トリスタンは不安を押し殺して答えた。

「また別の探求が始まったじゃない！」エリカが熱っぽく言う。「わたしたち、スワスティカを遺した謎の文明について、まだ何も知らないわ。きっとこの島の迷路のような地下トンネルのどこかで遺構や記録が見つかるわ。失われた都市があるのよ！」

「トロイアみたいな」

「そう……わたしの夢。そのトロイアを夢みてわたしは考古学者になろうと思った」

「その夢が今、実現しようとしているんだね」トリスタンはそっと囁き、エリカを抱く腕に力をこめた。「こんな腐った戦争さえなければ……」

エリカはそのまましばらく抱かれていたが、やがて、意を決したように両手でトリスタンの顔を包みこんだ。

「そろそろ時間よ」

トリスタンも名残惜しそうに起き上がる。

「そうだな……」

「あまり嬉しそうじゃないわね、トリスタン？」

「そんなことないさ、嬉しいよ……。さあ、式典に遅れないようにしないとね」

トリスタンはルガーを出し、今一度動作確認をした。

「ここでは心配無用よ」エリカが咎めた。「そんなもの、必要ないわ」

「いや、わからないぞ。レジスタンス病に感染したデンマーク人がいるかもしれないからな。最近ウイルスがものすごい勢いで広がっているって話だ」

「ねえ、あなた本当に大丈夫？」

エリカはなだめるようにトリスタンに唇を重ねた。

「そんなに長くはかからないわよ。ここでの仕事が片づいたら、何日か休暇をもらうわ。許可もとってある。あなたも一緒よ。島の南に小さな別荘を見つけたの。海辺のコテージで、ターコイズブルーの水の輝きを眺めて過ごせば、きっと癒されるわ。兵士もいない、ゲシュタポもいない。制服ともしばらくはさようなら……」

トリスタンはエリカを腕に抱きながら、胸が締めつけられる思いだった。エリカの一言一言が心に染み入り、じわじわと決意の砦を崩そうとする。

今ならまだ選択の余地がある。結局のところ、葛藤の末に出した結論が自分にとって大事なのではないだろうか？　大義のためなら、もう十分な働きをしたといってもいいくらいだ。今ならまだヒムラー暗殺計画は中止にできる。自分がやらなくても、ほかの誰かがやるだろう。最後のレリックを奪われてしまったことはまずかったが……。いや、戦いを続ける方法ならほかにもあるはずだ。アメリカ、イギリス、ソ連、大勢の人間たちがヒトラーを倒すために集結しているのだから……。

エリカと交わす口づけ、このぬくもり、それこそが生きるよすがではないのか？

「わたし、今の職から身を引くつもりなの。あなたと一緒にドイツで暮らしたい。愛しているわ……」

エリカはそう囁くと、情熱的な口づけをしてきた。

トリスタンの心がぐらぐらと揺らぐ。

と、突然、崖の背後から無数の光の束が放たれ、白銀の柱を形作った。

「間もなく儀式が始まるわ！」光の柱に目を奪われ、エリカが興奮ぎみに叫ぶ。

「ここにいて、遠くから眺めていればいいじゃないか」

「だめよ！　きっと壮大な典礼になるはずよ。絶対に見逃すわけにはいかない。意外に思うかもしれないけど、儀式は大好きなの」

「ニュルンベルクで開催されるナチスの党大会とさして変わりないんじゃないか」トリスタンは辟易して言った。

今まで魔法にかかっていたのか。それとも、今、魔法にかけられてしまったのか。いずれにしても、甘美なひとときは儚くも消えた。トリスタンの腕の中で、エリカは光の柱をうっとりと見つめている。その様子は、鉤十字の腕章をつけたセイレーンの歌声の虜になった大勢の同胞たちとなんら変わらない。トリスタンはエリカの腕を解《ほど》いた。人間を破滅に導く忌まわしい歌声、その律動に掻乱をもたらすときが来たのだ。

レネ

町の中心部にある小さなホテルはドイツ当局に接収され、ゲシュタポの現地本部と化している。その現地本部が、今や上を下への大騒ぎとなっていた。駐車場代わりの中庭でSSの兵士たちが次々とトラックの荷台に飛び乗る一方、二階では管理官が電話口で声を張り上げている。

「どういうことだ？　ヴァルハラ基地と連絡がとれないのか？」

「はい」相手が状況を説明する。「いっさいの通信を遮断するよう指示されているのです。訪問中は誰にも煩わされたくないというヒムラー長官直々のご命令でして」

「直ちに現地へ部隊を送る。カナーに繋いでくれ！」

ニュカの検問所

道の真ん中に陣取った戦車の上で、カナー少尉は煙草を吸っていた。離島での生活は退屈すぎて死にそうだった。ここには何もない。何も起こらない。配置転換を願い出てから、かれこれ半年あまりが経とうとしている。コペンハーゲン駐在か、あるいはノルウェーだったらなおいい。レジスタンス活動が盛んらしいから、検挙の仕事に事欠かないはずだ。これ以上この楽園のような島にいたら、日光を浴びないヒマワリのように萎れてしまう。

小屋から飛び出てきた兵士の叫ぶ声がカナーを現実に引き戻した。

「少尉、レネから緊急の電話です！」

カナーは揉み消した煙草を投げ捨てると戦車から飛び降り、小屋の中に駆けこんだ。受話器が震えんばかりの大声が耳に飛びこんでくる。

「カナーか？　親衛隊の制服を着たフランス人を見なかったかね？」

「はい。二時間ほど前にこちらを通過しましたが。フォン・エスリンク所長も一緒でした」

「そいつは、ヒムラー長官を暗殺するためにイギリスが送りこんできた殺し屋だ。部隊を向かわせたが、きみのほうが基地に近い。急行してくれ」

カナーは電話を切った。

「ついにこのときが来たぞ！」

ボーンホルム島

海側から見ると、古の像はこちらに背を向けて崖の上に鎮座していた。後方では、足もとに設置されたサーチライトから白い光線が放たれ、星まで届きそうなほど天高く伸びている。さらにはあちこちに点在する光源が岬を明々と照らし出していた。

数世紀前に岩を削って造られた階段の先に、謎に満ちた偶像は置かれていた。曲がりくねった階段の両脇には石柱が並び、まるでそれが神の御前《みまえ》に平伏《ひれふ》す民のように見える。一陣の涼風が吹きわたり、黒地に銀のＳＳルーンが鈍く光る旗が、列柱さながらにずらりと並ぶ旗竿の先端で音を立ててはためいた。

突然、そこら一帯からドラムロールの音が聞こえてきた。強弱をつけてテンポよく。まるで地底に埋めこまれた巨大な心臓が拍動し、地面を震わせているようだ。

「石柱の後ろにスピーカーが置かれているのよ」エリカがトリスタンの耳もとで囁く。

二人は階段の下にあるドルメンの近くの席に控えていた。その前には式典のために設えたベンチがあり、ＳＳ将校やアーネンエルベの考古学者たちはそこに座っている。

黒ずくめの盛装に身を包んだヒムラーがゆっくりと階段を上がっていった。その後ろから少し距離を置いて、銀色の箱を両手で持った若い中尉が恭しくついてくる。二人が天辺に近づくにつれ、ドラムロールの音もテンポが上がる。

偶像は二人をじっと見下ろし、捧げものを受け取ろうとするかのように手を伸ばしていた。

ヒムラーは偶像に向かって一礼すると、箱を開け、中からレリックを取り出し、石の掌の上に置いた。そのとたん、ドラムロールの音がぴたりと止み、岬はひっそりと静まり返った。続いて、親衛隊長官の声が岬に響きわたった。

「この地において、神聖なるレリックを真の所有者に返還することを、ここに宣言する。

アーリア人の揺籃《ようらん》の地、ヒュペルボレオスにおいて。このレリックが、われわれに完全なる勝利をもたらさんことを！」

ヒムラーは偶像の前に跪き、頭《こうべ》を垂れた。ドラムロールが再び鳴り響く。

「すばらしいわ……」エリカが陶然と呟いた。「バイロイト祝祭劇場の『パルジファル』の上演にも匹敵するわ。まさに総合芸術《ゲザムトクンストヴェルク》よ！」

トリスタンはちらりとエリカを見やった。エリカの目は何かに憑りつかれたかのように爛々と輝いている。

これが本当のエリカだったのだろうか？　いずれにしても、もう海辺のコテージでエリカと寛ぐことはないだろう。

「実際、きみたちドイツ人はショーの演出に長けている。それは否定しないよ」トリスタンは心にもないことを口にした。

しかし、脳裏に強く焼きつけられているのは、まったく別の光景、別の見せ物だった。ある意味、こちらも総合芸術と言えるのかもしれない。血と苦しみの地獄絵図。拷問で変形した顔のユダヤ人、恐怖に怯えながら身を寄せあうやつれた母娘。煉獄の館の地下室。ローリストン通りの阿鼻地獄。そこにナチスの本質が見える。連中は尊大ぶってピカピカの制服を見せつけ、自分たちを優れた人種だと考えている。ワーグナーのオペラのパロディを劇場の外で演じているのだ。極端な自我。ヘルメットを被りブーツを履いた、残忍で強欲な悪党ども。偶像の前で跪く滑稽な男の姿を見ながら、トリスタンはその心中を推察した。自己顕示欲の強いヒムラーのことだ、もっと大勢の観衆を集めて披露すべきだったと悔やんでいるに違いない。フューラー不在の場で、一度くらいは主役としてスポットライトを浴びてもよかったのではないかと。

「総合芸術」エリカが言った。「その意味を理解したら、何もかもが見えてくるわ」

「俺はそこに自分なりの色を加えようと思う」

ドラムロールの音が小さくなり、ヒムラーは再び一礼すると階段を下りてきた。中尉はその場に留まり、レリックを箱にしまっている。

トリスタンはルガーのグリップに指を這わせた。この距離からでも狙えないことはない。だが、外す可能性のほうが高い。

「あなたはついているわ」エリカがトリスタンの腕をとりながら言った。「この神聖なる場所で、ヒムラー長官から鉄十字勲章を授与されるんですもの」

もはやエリカの声は耳に入らない。トリスタンは標的に全神経を集中させた。ヒムラーと中尉がベンチに向かって歩いてくる。勲章の授与はおそらくあそこでおこなわれるに違いない。

あとはもう時間の問題だ。

悪の化身が近づいてきた。慢心で膨れ上がったその顔のなんと醜いことよ。

まずはそのにやけた顔を引きつらせてやろう。一発だけ残してあとは全部撃ちこんでやる。そして、最後に自分の頭を撃ち抜くのだ。そこで、ゲームオーバー。有終の美を飾る。

ヒムラーはあと三十メートルほどの距離まで迫っていた。

トリスタンは動かなかった。すぐ銃を抜いて撃つこともできたが、確実に仕留められるかどうかわからない。モンスターが真正面に来るまで待とう。トリスタンはホルスターからゆっくりルガーを抜いた。息を止め、心を静める。人差し指を引き金にかける。

そのときだった。

突然エリカが耳もとで囁いた。

「やめて。でないと、この場であなたを撃つことになる」

背中に硬くて冷たいものが突きつけられる感触があった。

「こっちもルガーを持っているの。弾も装填済みよ。何もしないで……。でないと、すべてが台無しになる」

トリスタンは身を強ばらせた。

下のほうから怒声が上がった。ＳＳの部隊がこちらに向かってものすごい勢いで走ってくる。基地の入口の検問所にいたゲシュタポのカナーの姿もある。カナーはＳＳ将校の一人に追いつき、こちらを指して大声で叫んだ。

「反逆者《フェアレーター》！　反逆者《フェアレーター》！」

背後のエリカがかすかに動揺する。

怒号が飛び交った。カナーと将校は、鉄十字勲章を手にしたヒムラーのほうへ突進し、兵士たちはこちらに向かって押し寄せてくる。トリスタンは銃を押しつける力が緩んだ隙に、すばやく身をひねり、エリカの手から銃をはたき落とした。銃が地面に転がると、エリカはトリスタンにしがみついた。

「トリスタン！　やめて！」

「放せ！　俺は……」

突如、あちこちで一斉に爆発音が上がった。続けざまに、四方八方から機関銃が怒濤の勢いで火を噴き、オレンジ色の煙が岬の上に立ちこめた。闇の中から黒ずくめの男たちが現れ、至近距離から次々とドイツ兵を撃ち殺していく。

ヒムラーは呆然としていたが、駆けつけた部隊に周りを厳重に警護され、徐々に落ち着きを取り戻しつつあった。

周囲では銃弾がヒュンヒュン風を切って飛んでいる。トリスタンは弾を避け、石柱の後ろに身を潜めた。

ヒムラーの補佐役の中尉の姿が見える。しかし、黒ずくめの二人組に狙撃され、箱を手にしたまま草の上に倒れた。夜空に警報が響き渡る。一方、基地のほうからは新たな爆発音が聞こえた。

地面に伏せたエリカが起き上がろうとしている。しかし、彼女も攻撃対象になっているはずだ。

辺りは大混乱に陥っていた。どうやら連合国側の特殊部隊による奇襲攻撃らしい。そうとなったら、なんとしても彼らと合流して、ここから脱出するしかない。ヒムラーが脱兎のごとく逃げていくのが見えた。またしても、暗殺は失敗に終わってしまった。

背後で声がした。

「マルカスさんですね？」

振り向くと、特殊部隊の隊員が立っていた。言葉に馴染みのない訛りがあった。汗の光る顔には靴墨が塗りたくられている。

「いかにも……」

「行きましょう。時間がありません。わたしは、あなたを連れ戻すよう命令を受けているのです」

トリスタンは男の手を借りて立ち上がった。その足もとで、エリカは石にもたれたまま涙を浮かべていた。

「逃げて、トリスタン。早く。じゃないと、ＳＳに殺されるわ……」

トリスタンはエリカを抱え起こそうとした。

「きみも一緒に来るんだ」

「だめよ」

　トリスタンは恋人の手首を摑んだ。

「来るんだ！　きみを残しては……」

　不意に首筋に鋭い一撃を食らい、トリスタンは地面に頽《くずお》れた。最後に目に入ったのは、エリカのひどく悲しげな顔だった。

五一

バルト海

目が覚めた瞬間、後頭部のすぐ下の辺りに凄まじい痛みが走った。真っ赤になるまで熱した火かき棒を頸椎のあいだに差しこまれたかのようだ。ぼやけた視界が次第にはっきりしてくると、周囲の様子がわかった。トリスタンは窓のない狭い独房に寝かされていた。隣にも寝台があり、男が寝そべっている。男はこちらのことなどお構いなしで読書に耽っていた。トリスタンは起き上がろうとして、再び目がかすんだ。足もとから鈍いエンジン音が聞こえている。

「無理に起きないほうがいいですよ。まずは深呼吸をしましょうか。だんだん頭がはっきりしてきます」男は強いロシア語訛りで言った。

トリスタンは簡易ベッドに腰掛けて、瞼を押さえた。頭の代わりに圧力鍋が乗っかっているような気分だ。

「あの……あなたは？」

「わたしはＮＫＶＤのエフゲニー・ベリン大佐です。わたしたちは今、バルト海の海中にいます。ソヴィエト海軍の花形、スターリネツＳ－13にようこそ」

　トリスタンの記憶が蘇ってきた。

「自分はボーンホルム島で……ヒムラーを射殺しようとしていた……あのとき、何が起きたのですか？」

「われわれは、レリックを奪還し、その際にあなたを救出する特殊作戦を実行しました。われわれは味方同士ですからね」

　トリスタンは不信感を拭いきれずに尋ねた。

「レリック一つを回収するために、敵の基地の目と鼻の先で奇襲を仕掛けるとは。ソ連はいつから、そんな危険を冒すようになったのですか？」

　エフゲニーは笑みを浮かべた。

「わが祖国ではレリックの価値はもはや意味をなさなくなっていたものの、こちらには正当な所有権があります。言うまでもなく、レリックは皇帝ニコライ二世が所有していたものですから、ソ連に返してもらうのが筋でしょう。わたしたちはこれからクロンシュタットの近くで上陸し、モスクワにレリックを運びます。スターリン同志が、ぜひともご自分の目で確かめたいとおっしゃるので」

「わたしたち？」

「ええ……あなたはソヴィエト連邦の賓客《ひんきゃく》ですから」

船室のベルが鳴り、エフゲニーは立ち上がった。

「失礼、指令室に行かなければなりません」

「では、そのあいだ、その辺をぶらぶらして足の痺れでもとっていますよ」

「申しわけありませんが、航行中はこの部屋から出ることを禁じます。何か食べるものを持ってこさせましょう。うまくいけば、二日後には港に着く予定です。ドイツの巡視船や機雷に出くわして沈められなければの話ですが」

「まるで囚人ですね。わたしたちは味方同士ではなかったのですか？」

「ソヴィエト海軍は、艦内の設備について非常に神経を尖らせているのです。われわれの技術を盗み見されてしまうと厄介ですので」

「ソ連の潜水艦に興味なんかありませんよ、同志！　それより、どうしてレリックがボーンホルム島にあるとわかったのですか？」

エフゲニーは扉から出ようとしたところで立ち止まった。そして、思い出したように上着から一通の封書を取り出し、トリスタンに差し出した。

「どうぞ……。こちらを読めば全部おわかりいただけると思います。われわれはこの手紙を書いた人物から、あなたを救出するように依頼されたのです」

そう言い残すと、エフゲニーは扉を閉め、二重にロックした。

トリスタンは手紙を広げた。

愛するトリスタンへ

　この手紙を読んでいるということは、あなたは無事に脱出できたのね。よかった。この手紙を、あなたが島に着く日の朝に書いています。これから起こることをわかったうえで。

　わたしは、数年前からソ連のために活動してきました。驚いたかしら？　こんなとき、自分が小さなネズミだったらよかったのにと思うわ。ネズミになって、あなたの驚く顔をそばで見たかった……。そう、わたしたちは最初から味方同士だったのです。ヴェネツィアのあの夜の記憶が戻ったときも、あなたを告発しなかったのはそういうわけだったのです。

　なぜ、ドイツの貴族が共産主義国家のために働いているのか？　あなたは不思議に思うでしょうね。これからそのことについて書こうと思います。これは、わたしが胸の奥に秘めてきた、わたし自身の物語です。

　戦前、わたしは一人の男性と出会いました。わたしがはじめてお付き合いした男性です。年上で、わたしの考古学の指導教授でした。彼は社会主義活動家でもあり、反ナチのビラを配るなどの活動をしていました。わたしは決して彼の思想を支持していたわけではありませんが、ほかの学生たちと同じく彼の強い統率力に惹かれ、夢中になったのです。やがて、わたしたちは密かに同棲するようになりました。

ある朝、彼はアパートを出たところで逮捕されました。突撃隊《SA》が、建物の下で待ち伏せていたのです。わたしは窓から事の一部始終を見ていました。恐怖で足がすくんで動けませんでした。連中は彼を殴り、衣服を剝ぎ、足をトラックに縛りつけて街中を引きずり回しました。そして、最後にＳＡの隊長が彼をアパートの入口にゴミのように放り投げ、頭を撃ち抜いたのです。わたしは恐怖におののき、彼の遺体を見に行くことすらできず、ただひたすら泣いていました。そんなわたしを、彼の友人が迎えに来て、家に泊めてくれたのです。友人は共産主義者で、ＮＫＶＤのために働いていました。友人はわたしにこう言いました。いつかナチスに復讐したくなったら、そのときは手を貸すと。

その後、わたしは両親のもとにしばらく身を寄せましたが、その数週間はまさに悪夢の日々でした。わたしに共産主義者の恋人がいたと知ると、父はわたしに体罰を加えたのです。そのうちに、痛みは怒りへと変わりました。冷たい怒り。和らぐことのない怒り。恋人を処刑した者たちへの怒り、そして、この忌まわしい体制に対する怒りでした。

学業を再開し、無事に学位を取得すると、わたしは真っ先に、その共産主義者の友人に会いに行きました。そして、わたしが何か役に立てることはないか訊きました。友人は、わたしが両親を通じてドイツの上流社会の人々と面識があること、特にゲーリング元帥と家族ぐるみの付き合いがあることを知っていました。わたしはその立場を利用して、ナチスの若い貴族としてパーティーや晩餐会に出席し、そこで収集した情報を流すようになったのです。

アーネンエルベに入ったのを機に、わたしはベリン大佐の片腕として働くようになりました。大佐もまた、スワスティカの発見に情熱を注ぐ一人でした。あなたと出会った頃からずっと、わたしはスワスティカの探索に関する情報を、逐一大佐に報告していたのです。

怪我が回復してから、何度あなたに真実を打ち明けようと思ったことか。でも、勇気が出ませんでした。結果的にそれでよかったのだと思っています。真実を知れば、お互いに仕事がやりにくくなったでしょうから。パリであなたを脅迫したことも、本意ではありません。あれは演技だったのです。きっと怒ったことでしょうね。でも、ソ連がレリックを取り戻すには、あなたにレリックを手に入れてもらわなければならなかったのです。あなたを利用したことを許してください。

おそらくわたしは、あなたには島の別荘の話をするでしょう。誰にも邪魔されずに愛を温められる海辺の隠れ処で一緒に過ごしたいと……。そんな願いが叶えられると、本気で思っているわけじゃない。でも、決して嘘じゃない。二人で過ごす最後のひとときになるのだから、せめてそこで過ごす夢が見たかった……。

　モスクワに着いたら、あなたはイランとエジプトを経由してイギリスに送還されることになっています。大佐がそう約束してくれました。大佐は約束を守る人だと思います。

　約束が守られることを心から祈っています。

　ともあれ、今やソ連もスワスティカを一つ所有することになりました。

　そのことについては、どうか前向きに捉えてほしい。あなたの二重スパイとしての任務は終わったのですもの。もう、あのモンスターたちの中でお芝居をする必要もないのです。それでも、わたしには残された仕事があります。ヴェヴェルスブルク城のスワスティカを奪取するという使命がある。たとえようのない恐怖のなかをさらに突き進んでいくことになるでしょう。

　少し前になりますが、ＳＳの高官たちがベルリン郊外のヴァンゼーに集結し、ヨーロッパ・ユダヤ人の大規模な絶滅プログラムについての会議(注4)が開かれました。アーネンエルベも、この残酷非道な計画の歯車の一つとして組みこまれる予定です。すでに、強制収容所では非人道的な医学実験プログラムが進められています。イギリスに戻ったら、ぜひとも上層部にこの事実を知らせてください。このおぞましい計画がすでに動き出していることを。なんとしても、それを食い止めなければなりません。

　このような状況ですが、わたしはこの手紙を希望の言葉で締めくくりたいと思います。

　先ほど書いたように、わたしはかつて一人の男性を愛していました。でも、今は別の男性を愛しています。

　トリスタン、あなたのことよ。

　でも、わたしにははっきりわかっています。二人の運命が再び交わる可能性は限りなくゼロに近い。この戦争の中で、わたしたちのちっぽけな人生など、嵐に吹き飛ばされた小枝に過ぎないわ。だから、あなたがほかの誰かを愛したとしても、恨んだりはしない。そのときは、どうかお幸せに。ただ、覚えておいてほしい。時代の流れに逆らおうとした一人のドイツ人女性がいたことを。

　愛を込めて——。

エリカ

ようやく、本当のエリカに会えたというのに……。

手紙を膝の上に置いたとき、トリスタンの目は真っ赤になっていた。

五二

ロンドン
ハイゲイト墓地

ロールはマローリーの墓の向かいにある小さなベンチに腰掛けた。八月の日差しがじりじりと顔に照りつける。埋葬するにはもってこいの日和《ひより》だ。いや、そんなふうに考えることが不謹慎であることくらいわかっている。

ロールは膝の上に広げたタイムズ紙の死亡広告欄に改めて目を落とした。司令官の死はとうてい敬意を払われているとは言いがたい写真とともに、短い囲み記事で扱われていた。陰険そうな印象を与える写真だ。記事は《急性心不全による死亡》とだけ伝えている。

心臓発作か。暗殺よりもずっと聞こえはいい。何より世間の注目を集めなくて済む。SOEは暗殺犯の身元をすでに割り出していた。コンラッドというアプヴェーアの工作員がモイラ・オコナーに自身の関与を得意げに話していたらしい。モイラはさっそくそれを新しい上官——顔半分が崩れた、マローリーの後任者に報告した。モイラの情報によると、さらにその工作員はトリスタンの正体を摑み、親衛隊に通報までしているそうだ。

そして、その後のトリスタンの行方は杳《よう》として知れない。

ロールは入手したコンラッドの写真を見つめた。この男が司令官殺しの犯人なのだ。しかし、罰せられはしない。お上《かみ》が、コンラッドは監視下に置いたまま泳がせ、引き続きモイラをＳＯＥの二重スパイとして働かせておいたほうが有益と判断したのだ。

善人は墓に、悪人は街に……。

お国のためなら、犯人制裁より、モイラの利用価値が優先されるというわけか。しかし、ロールは愛国心の一色に染められた辱しめに耐え、泣き寝入りするのは我慢ならなかった。だから、昨日ＳＯＥ本部に辞表を叩きつけてやったのだ。

今日はいい日になりそうだわ。ロールは新聞をバッグにしまうと、最後に改めて司令官に挨拶しようと立ち上がった。敬意を表し、赤いバラ一本を捧げて。

葬儀はしめやかに営まれた。マローリーにはほとんど親族がおらず、参列したのは疎遠になっていたカラスのように愛想のない高齢の姉のほか、ＳＯＥの同僚数名とロッジのブラザーが少し、それから首相の代理の者くらいだった。その中にイアン・フレミング中佐の顔を見つけ、ロールはびっくりした。ヴェネツィアの作戦で指揮を執った男だ。海軍諜報部のハンサムな将校とひとしきり思い出話に花を咲かせると、ロールはその夜のデートの誘いを二つ返事で承知した。

人生なんていつ終わってもおかしくないくらい儚いもの。戦時下においてはなおさらそうだ。

ロールは小道を横切り、陽光を受けて輝く墓石に近づいた。隣の墓では墓守りが一人、年寄りくさく腰を曲げて掃除をしていた。箒《ほうき》を動かしながら、何やらぶつくさ文句を言っている。ロールは墓守りに背を向けるようにして、バラを墓石に手向けた。すると、藪から棒に墓守りが甲高い声で難癖をつけはじめた。

「気が利かないねえ……。どうせ持ってくるなら鉢植えの花にしなさいよ。すぐには枯れないし、そのほうがこっちだって助かるんだから」

ロールはかっとなった。まだ埋葬を終えたばかりだというのに、言いがかりをつけるなんて。あんまりだ。ロールは怒りに駆られて墓守りのほうを向いた。

「礼節を重んじるって教わりませんでしたか？　あなたはきっと……」

いきなり墓守りが箒を放り出し、ロールは唖然とした。

アレイスター……クロウリー……？

クロウリーは辺りを警戒しながら、ごまかすように笑ってみせた。

「驚かせて悪かったね。葬儀にもまともに参列できなくてな」

「病院に閉じこめられていたんじゃなかったんですか？」

「そのとおりだ。だが、さすがの諜報機関も知らなかったと見える。病院長は地獄の火《ヘルファイア》クラブの常連だったのだよ。わたしが経営者だった頃のね。院長の口利きもあり、担当の精神科医から、わたしの精神状態はまったくもって正常であるとお墨付きをもらっておる。英国きっての健全な精神の持ち主という話だぞ」

「それで、何を企んでいるんですか？」

「むろん、わたしは当分のあいだ監視下に置かれるだろう。だが、わたしの才能をそれなりに評価してくれるパトロンを見つけたのだ。レリックの件は、一部の人間のあいだで評判になっておる。わたしはたまたまそれにあやかることができたというわけだ。いいか、これは内緒だぞ」

ロールは墓の上に視線を漂わせた。

「レリックね……。司令官もお気の毒に。でも、かえってよかったのかもしれない。ドイツ側にロンドンのスワスティカを奪われたことを知ったら、打ちのめされてしまうでしょうから。今までの苦労が全部水の泡だもの」

「こちらの助言に耳を貸そうともしなかったからな。もし、ボスがタロット占いを受け入れてくれたなら……」

「アレイスターさんたら……」

クロウリーは済まないというように、パチンと両手を叩きあわせた。

「それより、おまえさんはどうなのかね。まだSOEにいるのか？」

「いいえ、昨日辞めてきたところです。司令官のお知り合いのかたが、新しい仕事を紹介してくれるそうなんです。一時間後に会うことになっています。それがうまくいかなかったら、花屋か、いかがわしい商売にでも手を出すか……神のみぞ知る、だわ」

「おまえさんがその気なら、すぐにでも一緒に会員制秘密クラブを始めたいよ。二人でおおいに羽目を外そうじゃないか！」

ロールは声を立てて笑った。こんなふうに笑えたのは退院以来はじめてだ。

「トリスタンのことを考えることはあるのかね？」クロウリーが尋ねた。

ロールはクロウリーのたるんだ頬にキスをし、耳もとで囁いた。

「毎日。でも、採用されたときに司令官から教わったルールがありますから」

「ほう、どんな？」

「ほかのエージェントに執着しないことです。わたしにとって、トリスタン・マルカスはもういない人。もう二度と現れない人です。次は、あなたがそうかもしれない」

「われわれはまた会えるぞ、ロール。タロットにそう出ておる。よいか、自分の守護カードを忘れるな。これをおまえさんに持ってきた。わたしがデザインしたタロットカードの原画、〈星〉だ。汝に幸運がもたらされんことを。麗しのスパイ嬢」

クロウリーは筒状に丸めた紙をロールの手に滑りこませ、最後にもう一度微笑んでみせると、茂みの中へ姿を消した。

一時間後、ロールはデューク・ストリートに面した地味な建物の四階にある設備の整ったオフィスに座っていた。自由フランスの中央情報行動局《BCRA》本部である。正面にはフランス人の将軍と大佐が並んでいる。

「SOEから送られてきたあなたの資料を拝見しました。すばらしい」パシーと名乗る大佐が言った。「本当にたいしたものだ。われわれには、あなたのような女性の力が必要なのです」

「ありがとうございます。しかし、隠さずに申しますと、わたしはロンドンで拉致されたときのトラウマを抱えています。即戦力となれるかはわかりません」

将軍は煙草に火を点けると、黙ってロールの目を見据えた。ロールはあの偉大な将軍が今、目の前にいるのかと思うと胸が熱くなった。

「当面は諜報局で働いてもらおうかと考えています」パシー大佐が答えた。「自由フランスに潜入しようとする敵の工作員を見つけ出す仕事です。このロンドンの本部にもドイツからスパイが送りこまれることがあるのです。あなたの経験が活かせる分野です。将軍、いかがでしょうか？」

ド・ゴール将軍は立ち上がり、長身の体を伸ばした。

「問題なかろう。余談だが、マローリー司令官とは知り合いでね。聖なるレリックとヒトラーにまつわる話も知っている……。そのうちの一つでもわたしが持っていたら、フランスの運命は違うものになっていたかもしれない」

パシー大佐が目を丸くする傍らで、将軍は謎めいた微笑を浮かべた。

「レリックとは何のことです？」

「気にせんでくれ、大佐。内輪の話だ」

将軍はロールのほうに向きなおった。

「こちらでは本名では呼ばれない。この組織では全員がコードネームを名乗っている。こちらのパシーにしてもそうだ。きみも自分のコードネームを適当に考えてくれたまえ。ただし、現存するほかのエージェントと重ならないように。この戦争に勝てば、いや、必ずわれわれは勝利するが、わたしはその英雄たちの名を、それぞれの民事上の身分に残せないかと考えているのだ。暗黒の時代を決して忘れないために」

ロールは少し考えてから、目を輝かせた。

「決めました。わたしのことは……マルカスと呼んでください」

EPILOGUE

モスクワ
クレムリン
ニコリスカヤ塔

クレムリンの物見やぐらとしてそびえ立つニコリスカヤ塔に、作業員が巨大な巻上げ機を設置している。エフゲニーはその様子を満足げに眺めていた。クレムリンを囲む尖塔のうち特に高い五つの先端には、重量にして一トン以上もあろうかという革命の勝利を象徴するルビー色の星が輝いている。革命二十周年を記念して据えられたものだが、このたび、スターリンを説得し、そのうちの一つにスワスティカを隠すことになったのだ。レリックの力がモスクワ中にあまねく行き渡り、引いてはソ連が守られることになるだろう。

共産主義にとって、クレムリンは新たなイパチェフ修道院となる。そして、この国が必要とする赤いツァーリの王朝が新たに創始される。

その考えをスターリンに伝えたところ、熱烈な賛同が得られたのだった。

エフゲニーは時計を確認した。もうすぐ三時になるが、国家元首はまだ姿を現さない。新しい星の中にレリックを納めるところに立ち会いたいと言っていたのだが……。地上にけ塔の上の星と交換する新しい星が置かれている。職人らには立方体のガラスケースを用意させてある。その中にレリックをしまったうえで星の中に隠すことになっている。

「エフゲニー！　遅れてすまない。前線からひっきりなしに悪い知らせが飛びこんでくるのだ」

赤の広場に面した塔の大扉からスターリンが現れた。スターリンは巻上げ機をちらっと見てから、エフゲニーに近づいた。

「準備万端です、同志！」エフゲニーは快活に話しかけた。

「それが、この工事は中止にせざるを得なくなりそうでな」

腹に一物あるといった様子で、スターリンは相手の顔をうかがいながら話を続けた。

「ドイツが南部で新たに攻勢をかけてきた。コーカサス地方の油田が占領されるのは時間の問題だ。油田を失えば……」

「わかります、同志……。しかし、それと工事の中止にどんな関係があるのでしょうか？」

「敵の進路の先にスターリングラードがある。スターリングラードを制圧すれば、ドイツはヴォルガ川を支配し、アメリカからの物資の補給を遮断する。続いてコーカサスに進軍する。それはソヴィエト連邦の終焉を意味する。戦略的に見ても、今やスターリングラードはモスクワにも勝る要衝なのだ！　そこまで言えばわかるだろう？」

「いえ、わかりかねますが……。教えてください、同志」

「南部戦線全域の軍備の強化はもちろんだが、きみのレリックをスターリングラードに送ることにしたのだ！　レリックが本当にきみの言うような力を持つのなら、都市を侵略者から守ることができるはずだ。逆にスターリングラードが敵に占拠されたなら、レリックはつまらん迷信に過ぎないという何よりの証拠となる。どうだ、実用主義者のわたしならではの柔軟な発想だろう」

まさか……。茫然としてエフゲニーは耳を疑った。すると、スターリンがエフゲニーの肩をぽんと叩いて言った。

「その任務をきみに任せることにする」

エフゲニーは首筋が寒くなった。スターリンは自分を地獄へ送ろうとしている。片道切符しか持たせずに。

「任務といいますと？」

「レリックを持ってスターリングラードへ行け。ドイツに勝ったら帰ってこい。それで、きみが正しかったかどうかわかるだろう」

「スターリングラードへ行くことが何を意味するかご存じのうえで、そうおっしゃるのですね、ヨシフ同志。生還できる望みはないに等しい……」

「そのとおりだ。しかし、成功すれば、きみはソヴィエト連邦の偉大な英雄となる」

「コーバ、わたしが何か粗相でも？」

スターリンはパイプに火を点けると、冷ややかな目で見返した。

「わたしが腹を立てていたとしたら、きみはとっくに草場の陰にいるさ。聞くところによると、きみはわたしの易者とよく話をしているそうじゃないか、彼がわたしを訪ねてきたあとに」

エフゲニーは弁解したかったが、無駄に終わることはわかっていた。スターリンはエフゲニーの目を真っ直ぐ見据えた。

「まあよい、水に流そう……。それで、SSを装っていたフランス人スパイのことだが、その男も一緒に連れていけばよい。どうせイギリス側は彼の所在を知らんのだ。モスクワにも彼の居場所はない」

「彼にはイギリスに送還すると約束してあるのです」

「わたしが約束したわけではない。指揮権はこのわたしにあるのだぞ。出発前に、そのスパイの素性をベリヤに伝えておくように。ヒムラーのもとに潜入していた男だから、きっとわれわれの役に立つ」

スターリンはエフゲニーの肩に置いた手に力を込めた。

「友よ、スターリングラードでの健闘を祈る。きみが強運の持ち主であることを期待しているよ」

アメリカ
ニューメキシコ州
ロスアラモス

見渡す限りひび割れた大地が広がり、その上を熱風が吹き抜ける。気温は摂氏四十三度に達している。目につく植物といえば、まばらに生えるサボテンくらいで、それらさえこの灼熱地獄には音を上げているようだ。兵士たちは熱射病にならないように小屋の中に避難している。

耐え難い暑さのせいで、軍の秘密基地〈サイトY〉の建設工事は遅々として進まない。労働作業は夜間に限られていた。ありがたいことに、研究棟には冷房装置が設置されている。そのうちの一棟――日光を反射しやすい白い壁の平屋の大きな建物――に三人の男が秘密裏に集まっていた。窓のない部屋で、男たちは絶え間なく天井から吹きつける涼しい風を享受していた。

国務長官のヘンリー・L・スティムソンはコップの水にアスピリンを二錠落とした。頭痛がなかなか治まらない。しかも、ワシントンからはるばる大陸を縦断してきたというのに、ただ冷房の風に当たりに来ただけに終わってしまうことがなんともやりきれない。スティムソンは唇の上すれすれに揃えた白髪交じりの口髭をいじくり回した。これでは大統領が納得するまい。納得するはずがない。正面では、白衣を着たままの二人の物理学者が無念そうな表情を浮かべている。

「つまり、こういうことですか。プロジェクトは始まる前から頓挫していたと？」

「はい。まだ核分裂性物質を安定に保つことができないのです。努力が足りないのではなく……」

難しい説明をされてはかなわないと、スティムソンは機先を制した。

「わかりました……。では、その……何というか……改善策として、何が必要になりますか？」

「時間です。とにかく時間です。時間さえあれば……」

「大統領は一刻の猶予も認めないでしょう。あなたがたの言い分はわかります。しかし、今は戦争中なのです」

もう一人の物理学者が許可を求めるように同僚の顔色をうかがいながら、口を開いた。

「一つ、よろしいでしょうか。ひょっとするとの話ですが……」

「伺いましょう」

「先週、ＭＩＴの同僚の物理学者から電話がありました。当局よりある物体の分析を依頼されたというのです。イギリスから送られてきたものだそうです。そこで、分析したところ、内部から驚くべき特性を持つウランの同位体が発見されたというのです。彼は前例のないものだと言い、わたしに意見を求めてきました」

「わたしも聞いています」先ほどの物理学者も口を揃えた。「信じがたい話で、MITに計測ミスの可能性がないとも言えません。しかし、テストをする価値はあると思われます。その物体をこちらに送っていただくことはできますか？　聞くところによると、軍の機密保管庫に保管されているようですが」

「すぐに送らせるよう手配しましょう」国務長官は答えた。「〈マンハッタン計画〉は、なんとしても推し進めなければなりません。あなたはその責任者ですからね、オッペンハイマー教授。それで、その物体とはどのようなものなのですか？」

二人の物理学者は戸惑ったような表情を浮かべた。

「それは……」

「ふざけていると思われるかもしれませんが……」

「まさか。お二人は、アメリカ史上最大の軍事技術作戦、原子爆弾の開発に取り組んでいるかたたちですから。聞かせてください！」

「MITの同僚の話では、それは考古学的遺物だということです。つまり、古代のものであると」

国務長官は驚きを隠さずに二人を見つめた。

「その遺物に前例のない物理的特性があるわけですか？」

「それだけではなく……」オッペンハイマーが喉もとを掻きながら言った。「……鉤十字の形をしているのです」

【完】

巻末脚注

第三部〈承前〉

（2）ファベルジェの卵

宝石商・金細工師のカール・ファベルジェが製作した卵型の装飾品。ロマノフ王朝の皇帝アレクサンドル三世とニコライ二世に納められたものは、インペリアル・イースター・エッグとも呼ばれる。

（3）NKVD

スターリン政権下において、ソビエト連邦の刑事警察、秘密警察、国境警察、諜報機関を統括した人民委員部〈内務人民委員部〉の略称。その起源はチェーカーにあり、戦後に設立されたソ連国家保安委員会（KGB）の礎となった。

（4）コーバ

スターリンが使用していた変名。グルジア（ジョージア）の作家アレクサンドル・カズベキの小説からとっている。

（5）**シンパ**

ナチス・ドイツ占領下のヨーロッパにおいて、ソ連に協力する共産主義者。ソ連のスパイ網は広範囲にわたって張りめぐらされ、公務員や軍内部にも潜入させていた。

（6）**T-34戦車**

一九三九年に正式採用されたソ連の中戦車。火力、装甲、駆動方式、生産性において合理的に設計されT-34は主力戦車としてナチス・ドイツの脅威となり、戦後も長く活躍した。

（7）**訳経僧**

経典の翻訳に従事する僧侶。

第四部

（1）**『リリー・マルレーン』**

第二次世界大戦下のドイツで流行した歌謡曲。故郷の恋人を想う戦火の兵士の慕情が歌われている。

（2）ダルナン

ジョゼフ・ダルナン（一八九七－一九四五）。第一次世界大戦では英雄的活躍をしたものの、第二次世界大戦下では民兵団《ミリス》の実質的な統率者として、対独協力をした。ドイツ敗戦後に逃亡先のイタリアで逮捕され、パリのシャティヨン砦で銃殺された。

（3）ロキ

北欧神話に登場する男性神。神々に敵対する巨人族の血をひくが、主神オーディンの義兄弟でもあることから、アース神族の国〈アースガルズ〉に棲む。邪悪な側面を持ち、大小さまざまなトラブルをアースガルズにもたらした。

（4）ヨーロッパ・ユダヤ人の大規模な絶滅プログラムについての会議

一九四二年一月二〇日にベルリンの高級住宅地で開催された〈ヴァンゼー会議〉には、同会議の議長を務めたラインハルト・ハイドリヒ親衛隊大将を含めた十五名のナチス高官が集い、ナチス占領下におけるユダヤ人の抹殺を最優先することが再確認された。

著者解説

本書のようなスリラー小説においては、嘘かまことか、曖昧な部分ははっきりさせておいたほうがいいだろう。この〈黒い太陽〉シリーズが、フィクションでもありノンフィクションでもあることは、前巻までの巻末でも指摘してきたとおりだ。本作でも作品の理解を深めていただくために、解説を設ける。

一．一九四二年、恐怖集団と化したアーネンエルベ
二．スターリンと占い師
三．赤いオカルティズム
四．リューゲン島への奇妙な遠征
五．ナチスの秘密基地と未知なる地底世界の神話

一．一九四二年、恐怖集団と化したアーネンエルベ

ドイツ軍がコーカサスを占領すると、ナチスはこの地方の民族構成がモザイクのように

複雑に入り組んでいることを知る。その中にはユダヤ教徒らしき住民の存在もあった。そこで、親衛隊はアーネンエルベに、ユダヤ人か否かの判別をするための解剖学的基準を定義するよう要請した。アーネンエルベの責任者ヴォルフラム・ジーヴァスにとっては、無理難題を押しつけられた格好である。なにしろ、それ以前にドイツの学童を対象に実施された調査では、ユダヤ人の子どもの十一パーセント以上が金髪碧眼であるとの結果が出ていたからだ……。しかし、ここで人類学者のブルーノ・ベガーがミッションの陣頭指揮を執ることになる。一九三九年のチベット遠征の際、アーリア人のルーツを解明すべく多数のチベット人の頭蓋骨を測定した人物である。ベガーは今回も同じ手法を用いて、ユダヤ人を定義づけることにした。そして、調査にあたり、百二十あまりの頭蓋骨の標本を作成することから着手する。

まず、ベガーはポーランドのポズナンにある解剖学研究所に向かう。その研究所では、所長が現地ゲシュタポと取引し、研究所の焼却炉で反逆者の死体を処分するのを許可する代わりに死体の頭部を手に入れて小遣い稼ぎをしていたのだ。ユダヤ人の頭蓋骨は現在の価値にして百三十ドル相当で売られていたという。

しかし、大量の頭蓋骨を早急に手に入れる必要があったベガーは、ポズナンの研究所だけではとても賄いきれないと知ると、別の入手先をあたる。そこで目をつけたのがストラスブール大学――ナチスがアルザス＝ロレーヌ地方を併合したため、シュトラースブルクと改名されていた――だった。一九四二年二月、ドイツ国防軍《ヴェアマハト》や親衛隊が虐殺の限りを尽くす東部戦線からユダヤ人の頭蓋骨を直接ストラスブール大学に運ばせてコレクションを作ることが決定される。公式の通達には、標本を作成するうえでの専門的な指示までが記載されていた。つまり、被験者を選んだら、まず身体測定をし、写真を撮り、略歴カードを作成したのちに処刑する。頭部については、切断後に、《保存用の液を満たした金属製の容器の中に完全密封された状態で移送すること》というものだった。

しかし、東部戦線までは距離があり、そのうえ軍は非協力的だった。業を煮やしたベガーは、次にナチスの強制収容所に注目する。そこには、数十万人に及ぶユダヤ人が収容されていた。ジーヴァスの助言を受け、ベガーは、モルモットを選定するためアウシュヴィッツに赴く。一九四三年六月、ベガーは百五十人のユダヤ人男女を徴集して観察と測定を実施し、そのうちの百十五人をアルザスのナッツヴァイラー強制収容所へ移送させた。彼らはガス室で殺害されたのち、徹底的に解剖され、骨を採取すべく薬液に漬けこまれた。このおぞましい作業は時間を要し、一九四四年十一月に連合軍が足を踏み入れたとき、まだ八十六体もの遺体が残っていたという。ただし、すでに骨だけになっていたものについては、アーネンエルベの科学者たちが逃亡前に粉砕していた。しかも、金歯はすべて取り除かれていたらしい……。

ヴォルフラム・ジーヴァスはニュルンベルク継続裁判で非人道的な実験に深く関わった

罪で死刑を宣告され、一九四八年に処刑された。

ブルーノ・ベガーについては、一九七〇年になってようやく〈ユダヤ人骨標本コレクション〉に携わった科《とが》で裁判にかけられる。ベガーは殺人共謀罪として禁錮三年を言い渡されるも、その後上訴して減刑となり、執行猶予が付けられた。

二 スターリンと占い師

筋金入りのマルクス主義者となったかつての神学校の生徒、クレムリンの暴君は霊的なものやオカルト信仰を軽蔑していた。その一方で、二人の霊能者と定期的に会っては助言を求めていたという。その一人がポーランド出身の予言者ヴォルフ・メッシングだ。メッシングは〈スターリンの魔術師〉とも呼ばれていた。もう一人はロシア人看護婦の〈赤い魔女〉として知られるナタリア・リヴォーワで、スターリンはその驚異的な予知能力に一目置いていたようだ。

一九三九年、独ソ不可侵条約が調印された直後、メッシングはスターリンにドイツとのあいだに戦争が起き、かくして一九四五年五月に勝利すると予言した。このエピソードが実話であるという証拠はなく、時とともに話に尾ひれがついた可能性もある。だが、一九三〇年代の後半あたりから、スターリンがメッシングを庇護していたことは事実であり、この魔術師がクレムリンをしばしば訪問していることは、公然の秘密となっていた。一方、ナタリア・リヴォーワは開戦の直前に忽然と姿を消し、NKVDによって個人ファイルも削除されている。（注1）

三．赤いオカルティズム

作中では、ソ連の共産主義者、物質主義者であるNKVD高官が神秘的な伝説に興味を持つ。意外に思われるかもしれないが、そのあたりは事実に基づいている。エフゲニーは存在しないが、その人物像を設定するにあたって着想を得たのが、国家政治保安部（GPU《ゲーペーウー》）（注2）の幹部の一人、グレブ・ボキだ。ボキは初期の革命家であり、一九二〇年代初頭より、国内の盗聴や他国の暗号解読を担う強力な特殊部門を率いていた。恐るべきスパイ組織のリーダーでありながら、ソ連でいち早く超心理学やシャーマニズムに関する研究に着手した人物でもある。ただし、魔法の力を信じていたわけではなく、いわゆる超常現象と呼ばれるものは科学で説明できると確信していたのだ。

アンドレイ・A・ズナメンスキーの著書に、ボキについて書かれたものがある。（注3）それによると、一九二四年十二月三十一日、ボキはGPUの高官たちに向けて、伝説のアジアの地下都市〈シャンバラ〉あるいは〈アガルタ〉の存在についての講演会を開催したという。その際に演者として迎えたのが、バルチェンコという超自然科学の専門家だった。バルチェンコはチベットを旅したことがあり、階級差や私有財産のない共産主義社会をはるか昔に築いていたという、この失われた都市の存在を信じていた。〈シャンバラ〉は偉大なる一人の賢者と選ばれた長老たちによって運営され、集団主義社会の理想を形成していたと考えられていた。これは、同じく伝説都市であるアトランティスにも共通した部分である。

この〈シャンバラ〉は当時としては考えられないほど高度な科学水準に達していたとされる。この都市が見つかれば、秘匿されていた書物が手に入り、高度なテクノロジーの秘密が明らかになる。そのテクノロジーは全世界における共産主義の勝利を確実にするものだ。バルチェンコはボキに雇われ、共産党の幹部に時輪タントラ(注4)や密教の伝統について説いた。二人はチベット遠征も計画していたが、あと一歩のところで頓挫してしまう。ボキが女性スキャンダルや陰謀論に巻きこまれてしまったからだ。ボキはソヴィエト執行部内に敵を作りすぎていたのだ。一九三七年、スターリンによる〈大粛清〉の嵐が吹き荒れ、ボキは銃殺される。

ちなみにソヴィエト連邦では、戦後も軍事目的の超心理学の研究がおこなわれているのは事実だ。特にレニングラード大学では一九七〇年代半ばまで続けられていた。

四．リューゲン島への奇妙な遠征

ボーンホルム島の地下坑道は実際には存在しないが、地球空洞説を実証するためにレーダーを使用するというくだりについては事実である。しかも、その実験は、ボーンホルム島から百五十キロほど離れた場所でおこなわれていたのだ。

一九四二年四月、バルト海に浮かぶドイツ最大の島、リューゲン島にあるドイツ海軍《クリークスマリーネ》の基地にナチスのレーダー専門家チームが乗りこんだ。チームを率いるのは、ドイツにおける赤外線とレーダー波研究の権威であったハインツ・フィッシャー博士。ミッションの内容を極秘扱いにしたまま、チームは数日のうちにレーダー基地を設営した。このとき、アンテナの仰角は四十五度に調整された。これは電波が宇宙空間に向けて放射されていたことを意味する。その目的は、地球空洞説における二つの説のうちの一つ、凹面地球説（人類の住む世界は球体の内部にあり、われわれが地表だと思っているのは実は空洞の内面であるという説で、もう一方の地球空洞説は、われわれの地球は中空であり、内部には失われた文明などが存在しているというもの）を実験によって検証することだった。この説は当時のナチス、とりわけ親衛隊のあいだで支持されていた。

理論としては、太陽、月、火星や金星をはじめとする太陽系惑星、数多の天体は巨大な中空の地球の中に浮かんでいるというもので、巨大な泡が主人公を取り囲み、空や太陽、星の幻影を見せるという映画『トゥルーマン・ショー』にも似ている。ハインツ・フィッシャー博士の実験では、発射された電波ははね返されてくるものと考えられていた。理論どおりであれば、スコットランド北部にあるイギリス海軍最大の拠点、スカパ・フローに停泊する艦隊の姿を捉えることも可能だ。装置を操るドイツ海軍《クリークスマリーネ》はこのプロジェクトに熱心に取り組んだものの、当然のことながら実験は大失敗に終わる。

この荒唐無稽な話は、アメリカ有数の天文学者の一人、ジェラルド・P・カイパーによって明るみに出た。（注5）第二次世界大戦中、ドイツが本気でおこなっていた天文学研究の実態に迫った長編記事の中で、カイパーはリューゲン島で実施されたこの実験について、次のように書き残している。

《ドイツ海軍の一部の人々のあいだでは、地球空洞説が信じられていた。（中略）北大西洋の地図を広げ、その上に振り子をかざして敵艦の位置を知ろうとする上級将校たちもいた》

カイパーによれば、ナチ党内には地球空洞説を信じる者が大勢おり、優れた天文学者たちはこれに失望していたという。しかし、リューゲン島の実験が失敗したことで地球空洞説の信奉者は面目を失い、この説を中心となって提唱していた飛行家のペーター・ベンダーはその後強制収容所へと送られることになる。

一方、ハインツ・フィッシャー博士は、ドイツの優秀な技術者や科学者を集める目的で第二次世界大戦末から戦後にかけて、アメリカ軍が実施した〈ペーパークリップ作戦〉の一環で、アメリカに連行されている。言うまでもないが、それはフィッシャーがレーダーと赤外線に関する高度な専門知識を有していたからであり、リューゲン島の実験が評価されてのことではない。

五. ナチスの秘密基地と未知なる地底世界の神話

ボーンホルム島の秘密基地の話は作り話である。しかし、インターネットで「ナチスの秘密基地」と検索すると、第三帝国が世界各地に築いた秘密基地の存在を暴くサイトがいくらでも出てくる。北極、南極、パタゴニア、グリーンランド、ノルウェー、ペルー……。果ては月の裏側まで〝候補地〟に挙げられているが、さすがにこれは行きすぎだろう。フィクション作品の題材にはもってこいだが、事実としては受け入れにくい。

北極点から千キロほど離れたアレクサンドラ島で、実際にナチスの基地が見つかっているが、それは気象基地であった。一方、南極については、戦前の一九三八年末から一九三九年初頭にかけて探検隊を派遣しており、ノイシュヴァーベンラント(注6)に仮設基地を建設した痕跡が残っている。しかし、この基地が戦争中に使用された確かな証拠はない。

だが、一九四六年から翌年にかけてアメリカが軍事研究目的で実施した南極遠征が数々の不幸に見舞われたことから、改めて伝説が息を吹き返すことになる。当時、南極に戦略的な拠点を確保したいと考えていたアメリカは〈ハイジャンプ作戦〉を決行、航空母艦と潜水艦を含む十三隻から成る艦隊、五千人近い兵士、約二十機の水上飛行機とヘリコプターを派遣する。遠征隊を率いるのは、探検家であり極地専門家としても名高いリチャード・E・バード海軍少将だった。ところが、潜水艦が氷山に衝突したり航空機が墜落したりするなど、惨事が重なり、遠征隊は一九四七年に引き返すこととなる。なお、この遠征の模様は、ドキュメンタリー映画『ザ・シークレット・ランド』（日本未公開）に収められている。

それからしばらく経った一九六九年のこと、アメリカ人作家レイモンド・バーナードが『空洞地球――史上最大の地理学的発見』を出版。同書の中で、一九四七年の南極探検飛行中にバード少将が巨大な穴に迷いこみ、そこで緑溢れる谷間を目撃したことを明らかにした。そして翌年になると、バード少将の日記が発見され、同時に、遠征に参加した兵士たちからも匿名の証言が上がった。それらの情報を突きあわせると、遠征隊はいまだ稼働中のナチスの秘密基地を発見していたというのだ。しかも、基地は未知の文明によって作られた巨大な地底世界の入口に建設されていたという。こうした地底都市の伝説はチベットや南アメリカ、ヨーロッパにもあるが、もしかしたら同種の文明かもしれない。

ということは、遠征隊は、ドイツ語訛りの謎の指導者が率いる未知の地底人によって全滅させられる前に引き返してきた可能性がある……。なるほど、『インディ・ジョーンズ』

シリーズにはぴったりのシナリオだが、根拠のない話である。なぜならば、バードの日記自体が本物だという確固たる証拠がないのだ。それゆえこの日記は、地球空洞説の信奉者によって捏造されたものだとも考えられているが、それに反論できる証拠がないのもまた事実である。

著者解説脚注

（１）ＮＫＶＤによって個人ファイルも削除されている

詳細はウラジーミル・フェドロフスキーの著書『Le Département du diable（悪魔の部門）』（プロン出版／未邦訳）を参照されたい。

（２）国家政治保安部（ＧＰＵ《ゲーペーウー》）

チェーカーを前身とする秘密警察。のちにＮＫＶＤとなり、さらにＫＧＢとなった。

（３）ボキについて書かれたものがある

アンドレイ・Ａ・ズナメンスキー著『Shambhala, le Royaume rouge（赤の王国、シャンバラ）』（カミオン・ノワール社／未邦訳）。ほかに、Ａ・Ａ・ブシュコフ著『NKVD, La guerre contre les forces occultes（НКВД. Война с неведомым／ＮＫＶＤ、オカルト勢力との戦い）』。

（４）時輪タントラ

〈シャンバラ〉の王が釈迦から授けられ、国中に広く行き渡った教えとされる。

（５）ドイツが本気でおこなっていた天文学研究の実態に迫った長編記事

ハーバード大学の公式ウェブサイト上で閲覧が可能（http://adsabs.harvard.edu/full/1946PA.....54..263K）。

（６）ノイシュヴァーベンラント

南極大陸のおおよそ東経二十度から西経十度、南緯七十度から七十五度のあいだの地域を指す。ドイツの探検隊が乗っていた船シュヴァーベンラント号にちなんで〈新しいシュヴァーベンラント《ノイシュヴァーベンラント》〉と名付けられた。

訳者あとがき

本書『亡国の鉤十字《ハーケンクロイツ》（原題La relique du chaos）』は、『ナチスの聖杯』『邪神《メシア》の覚醒』に続くエリック・ジャコメッティ&ジャック・ラヴェンヌのメタ戦記ミステリ〈黒い太陽シリーズ〉の第三巻、完結編である。

シリーズのテーマは、第二次世界大戦の舞台裏で繰り広げられる聖遺物争奪戦で、史実とリンクしながらストーリーが展開していく。

一九三八年十一月九日の夜、ドイツ全土で反ユダヤ主義の大規模な暴動が起きた。略奪と破壊を受けたシナゴーグ、ユダヤ人の住居や商店の窓ガラスが路上に散らばり、月明かりに照らされて光ったことから、この事件は〈水晶の夜《クリスタル・ナハト》〉とも呼ばれ、ナチスが民族主義に基づいて大勢のユダヤ人を投獄した最初の事例となった。

この夜、親衛隊のヴァイストルトがベルリンの古書店に隠されていた『トゥーレ・ボレアリスの書』を手に入れたことにより、世界が炎と血の色に染まることになる。

翌一九三九年、『トゥーレ・ボレアリスの書』に導かれ、親衛隊がチベットの秘境にて古代のスワスティカを発見、本国に持ち帰る。それに勢いを得たように、ドイツはポーランドに侵攻し、生存圏の拡張を掲げて侵略路線を突き進む。対し、英仏両国が宣戦布告をするが、翌年フランスが降伏する。イギリスだけは必死に抵抗を続けるも、ドイツ軍の猛攻によって大打撃を被り、本土上陸の危機に晒されていた。

一九四一年五月、二つ目のスワスティカを巡り、南仏のモンセギュールで親衛隊とイギリス特殊部隊が激突する。SOEの工作員トリスタンの機転により、ドイツは偽のスワスティカを摑まされ、本物はイギリスの手に渡った。間もなく、ドイツが独ソ不可侵条約を破棄し、バルバロッサ作戦を発動する。侵攻の矛先がソ連に向いたことでイギリスは窮地を脱するが、獲得したスワスティカは安全を期すために、ヨーロッパから遠く離れたアメリカに移された。この移管がのちのマンハッタン計画へと繫がっていく。実際、時期は少しずれるが、一九四一年の夏にMAUD委員会報告と呼ばれる、原爆の実現の可能性を明らかにした調査報告がイギリス政府からアメリカ側に渡されている（原子力百科事典ATOMICAより）。

第二巻では、三つ目のスワスティカの正体が明かされる。それはヒトラーが肌身離さず持っていたお護りで、かつてオーストリアのハイリゲンクロイツ修道院の地下で怪しげなイニシエーションを受けたときにイェルク・ランツより授けられたものだ。この儀式には若き日のヴァイストルトも立ち会っている。このときの祭壇に置かれていた赤い表紙の本は『トゥーレ・ボレアリスの書』に違いない。作中では触れられていないが、本はスワスティカとともにランツがヒトラーに託したと考えていいだろう。

第一次大戦中、ヒトラーはお護りのみならず、本も携えて従軍した。R村の異教の地下聖堂に『トゥーレ・ボレアリスの書』を隠しておいたのは、おそらくヒトラーだが、ノイマンに地下聖堂や本の存在を知られてしまう。ヒトラーはノイマンによって本が持ち出されたことに気づき、終戦後その行方をずっと追っていたものと思われる。一九三三年、ニュルンベルクでヒムラーからアーネンエルベの設立について相談を受けたとき、その責任者にヴァイストルトを推挙したのも、彼にノイマンと本の行方を探させようとしたからにほかならない。本の在りかを突きとめたヴァイストルトが、水晶の夜、ベルリンに赴いて何をしたかは周知のとおりである。

さて、長らくヒトラーの上着の襟元を飾ってきた三つ目のスワスティカだったが、一九四一年十二月にヴェネツィアの海に沈んでしまうと、時を置かず、ドイツ軍によるモスクワ占領も失敗に終わる。さらには、日本軍がハワイの真珠湾に奇襲攻撃をかけ、それを契機にアメリカが第二次世界大戦に参戦する。アレイスター・クロウリーの「笑う者の陰で泣く者がいる」という指摘はまさにそのとおりで、スワスティカが悪魔の道具にもなりうると示唆する第二巻終盤のシーンは印象深く、続く第三巻に対する不安を掻き立てる。

四つ目のスワスティカの探索のみならず、登場人物の人間関係についてもみなさんの気になるところではないかと思うが、それぞれがどう着地するかは本書をお読みいただくとして、一点、第一巻のあとがきで保留にしておいた、作者が仕掛けた三つ目の暗号について記しておきたい。《JOROKMZVQYFQYXMOBJKK》（キーワードはSOE）を〈BEAUFORT CIPHER〉を使って解読すると、《JANEESTTOUJOURSENVIE（ジェーンはまだ生きている）》となる。モンセギュールで退却する際に爆風に吹き飛ばされ、野原で横たわっていたSOEのジェーンだが、結局そのあとに登場することはなかった。想像するに、親衛隊に捕えられ、凄まじい拷問の末に上官のマローリーや特殊任務について口を割ったのではないだろうか（第三巻ではマローリーの情報を親衛隊が摑んで暗殺計画が持ち上がっているという件がある）。青酸カリのカプセルはフランスのレジスタンスに乞われて譲ってしまっている。彼女がどんな最期を迎えたかと思うと胸が痛い……。

本書の翻訳にあたってはまず郷が全訳し、監訳を大林が担当した。文責は大林にある。最後に、竹書房編集部の藤井宣宏氏には多岐に渡り、たいへんお世話になりました。また、翻訳家の高野優先生にはシリーズを通して翻訳のコーディネートをしていただきました。ここに深く感謝申し上げます。そして、このシリーズを読んでくださったすべてのかたがたに心よりお礼を申し上げます。

二〇二一年七月吉日

大林　薫

亡国の鉤十字《ハーケンクロイツ》　下
LE CYCLE DU SOLEIL NOIR Volume 3
LA RELIQUE DU CHAOS

2021年8月12日　初版第一刷発行

著者…… エリック・ジャコメッティ ＆ ジャック・ラヴェンヌ
監訳…… 大林 薫
翻訳…… 郷奈緒子
翻訳コーディネート …… 高野 優
カバーイラスト …… 久保周史
デザイン …… 坂野公一（welle design）
本文組版 …… 株式会社エストール

発行人 …… 後藤明信
発行所 …… 株式会社竹書房
〒102-0075　東京都千代田区三番町8-1
三番町東急ビル6F
email：info@takeshobo.co.jp
http://www.takeshobo.co.jp
印刷所 …… 中央精版印刷株式会社